JN179134

大人の流儀12

a genuine way of life by Ijuin Shizuka

またどこかで

伊集院　静

講談社

またどこかで　大人の流儀12

またどこかで　大人の流儀12［目次］
a genuine way of life by Ijuin Shizuka contents

第三章
それでも前へ進む

第四章
哀しみに寄り添って

帯写真●宮本敏明
挿絵●福山小夜
装丁●竹内雄二

第一章

また逢えるまで

一条の光

仙台に戻ると、少し大きめの郵便物が仕事場の机の上に置いてあった。

梱包を開くとみっつの大きい封筒があった。裏返すと、懐かしいシンボルマークが目に飛び込んで来た。

K_2（ケイツー）のマークだ。今はなくなったデザイン事務所、黒田征太郎と長友啓典が五十年近く前に設立したオフィスのマークだ。

トモさんこと長友氏が亡くなって、オフィスは解散した。

駆け出しの作家の頃、私は自分の書く小説もエッセイも、出版物もすべてK_2にまかせていた。本の装丁が上がると、大小いくつかあった封筒にデザイン案が入れられ送られて来た。

だから封筒に印刷されたマークは、私にとって我ケ家の表札のような感じだった。

それぞれの封筒に三点の挿絵の原画が入っていた。どれも見覚えのある作品だった。

二十年前、私はようやく自分が書きたい小説のテーマを編集者に話して、それを書かせてもらえるようになった。昔、私が横浜で暮らしていた時代にめぐり逢った男たちの話を、いつか書きたいと思っていた。昭和の、ベトナム戦争の末期の横浜、本牧が舞台だった。

小説家と挿絵画家のコンビは夫婦のようなところがあり、同じ時代を共有していると小説の絵柄のイメージが通じ易い。トモさんの相棒の黒田さんは青年時代、日本からベトナムへ爆弾を輸送する船に乗っていた。私はその船に爆弾を積みかえる作業員（沖仲仕《おきなかし》）として働いていた。妙な縁があった。

夜明けまで沖で爆弾を積み込み、陸《おか》に揚がり、日ノ出町あたりの定食屋で飯と酒を掻き込みながら、朝刊を見ると〝パリ和平会談、ベトナム戦争終結へ〟と大きな見出しがあり、

――じゃあ今しがた一晩かかって積み込んだ爆弾はどこへ行くんだ？

私が新聞の戦争報道を信じないのは、高校生の時の授業で、広島へ原爆が投下される日の新聞の戦況のデタラメを知ったことと、この横浜時代の戦争報道が基準になっている。

小説の連載がはじまる前、作家と画家は小説の舞台になる土地へ取材へ行く。

「海員病院があったのがここで、定食屋があったのがその角、ヤクザの組事務所がこの裏手

ですね。雀荘は、あの二階……。あれ、まだ残ってるじゃないか」

そうなると二人して雀荘へ入って行く。

トモさんは黒田さんの連れだから、少々荒っぽい場所も、危ない土地も平然と足を踏み入れた。そこで手にしたインスタントカメラで、カチャと人や風景を撮り、小説の挿し絵の参考にするのだ。

「何や、今の音は？　おまえ誰を撮っとんだ」

「あっ、スマヘン、つい指に力入ってもて」

「指やと？　わしに指がないのの嫌味かい」

「そ、そんな、国士無双続けて下さい」

「何やと！」

ナポレオンをめぐる紀行文の連載の時は、ナポレオンが生まれ育った地中海に浮かぶコルシカ島まで一緒に取材へ行った。

トモさんと旅をしていると、他の人では遭遇しないいろんなこととでくわした。

〝ヤラカス〟という言葉があるが、とんでもないことをなさる。一度、道端にあったバイクを見て、

「カッコええなあ、こないの運転してヘップバーン乗せたら、スターになれるん違うか」

――何をバカなことを、とスタッフと打ち合わせしていたら、突然、大声がして、免許も持たぬトモさんがバイクと一緒に坂道を下って行った……。

今思うと、偶然なのか、ヤラカソウとしたのかはわからぬが、バイクの折も、撮影の仕事がなかなか上手く行かず、坂下でバイクとともに収容されたトモさんがいた場所に恰好のロケ地が見つかった。

私はトモさんからさまざまなことを教わった気がする。中でもトモさんが口癖で言う、

「ボチボチ行こうナ。おもろいんがええで」

何かと肩肘張る青二才の私に教えた。

人が必要以上に深刻になったり、皆が皆、ヒッチャキになっている時にあらわれて、

「こらまた皆さん、何をそない怖い顔で？」

その一言で皆は笑い出し、場が変わった。

もし人が生きることに哀しみばかりが常にともなうものなら、人間はとても生き続けられないのではないだろうか。どんな人の日々、時間、人生にも、かたちの差こそあれ、クスッと笑ったり、楽しげにうなずいたりするやすらぎの時間があるからこそ、私たちはどうにか

やっていけてるのではないかと思う。

大人になる上で、哀しみ、辛苦から目を背けることはできない。そうであるなら、そんな状況の中で戸惑ったり、沈みそうな時間に、雲間から差す一条の光のように、時間さえやわらかに変えることができる力を、私は信じたい。ユーモアとはそんな力のような気がする。

「こらまた皆さん、何をそな哀しい顔で？」

救われたのかもしれない

新幹線から在来線に乗り換えて、車窓から春の陽差しにきらめく、その河口が目に飛び込んできた時、河口にむかう堤道を自転車を漕いで疾走する少年の私の姿が、たしかに浮かんできた。

あれは春だったのか。いや半ズボンに麦藁帽子だから夏休みのはじまった頃だったろう。

ほどなく逆側の窓に懐かしいカタチの山系があらわれた。

――ああ××山だ……。

と山の名前が思わずこぼれた。

高校時代ずっとグラウンドから見上げていた山である。瀬戸内海沿いの街であったが、冬はボールを握るには寒すぎたから、三度の冬はずっと山径を息を切らせながら登った。

二年半振りの故郷の山河である。

若い時は、この山河の良さがよくわからず、

――ちっぽけな街だナ……。

と思っていたが、今は違う。

何が違うのだろう？　うまく言えない。

だからふるさとなのだろう。

今回の帰省は例年と少し違っていた。大病を患い、生家で一人暮らしていた母に心配をかけた。どうにか退院し、再手術後、なんとか治癒し、「これからは一年に一度来てくださ
い」と担当医の言葉を聞いた時、

――母に逢いに行かねば……。

と思ったが、夏から故郷でコロナが流行し、面会がかなわなくなった。

「もう生きている間に、お互いの顔を見ることはできないかもしれない」

そう思っていた。それがまん延防止が解け、家の近くに行っても一週間～十日の自主隔離が不必要になった。

毎年、春の新聞紙に載せる〝新社会人に送るメッセージ〟を依頼された企業のトップか

ら、「静さん（なぜかそう呼ばれる）、今年の文章はイイネ。良かった。嬉しい」の野太い声を電話で聞き、私も自分の術後の報告をした。

「それはますます嬉しい。いや君は運が強い。頼もしい限りです」

大兄の喜ぶ声がした。

そう褒められ、「ヨシ、それなら母に逢いに行こう、少々待たされても耐えよう」と少し元気が出て、西にむかうことにした。

午後の新幹線に飛び乗り、大阪で一泊し、早朝より瀬戸内海沿いの町にむかった。

母は初夏に百歳になる。上京してから三十五歳まで、職業を転々とする息子を辛抱強く応援してくださった。父は職業も決まらぬ長男に憤り、母を叱った。それでも母は、私のことに関しては、父にも正面からむかってくれた。

「いつか必ずきちんとした仕事をするようになります。私にはわかります」

父は、「母さんはおまえのことになると少しオカシクなる」とコメカミを指さし、吐息をついていた。

私は母から文字も、書も、詩歌もすべて教わった。大学へ行く時も、「後継ぎだからといって、経営の勉強などやめなさい。家に帰っても、父さんが許すはずがありません。与えられた歳月が四年なら、音楽でも絵画でも、人生でその四年でしかできないことをしてほしい。自分を信じなさい」

結果、父と確執が続き、故郷に帰らず、弟が亡くなり、離婚し、次に迎えた妻は厳しい病に早逝した。七年後、今の家人と出逢い、ようやく仕事が見えはじめ、文章を生業として生きるカタチになった。仕事を懸命にするしかなかったから、よく飲み、よく遊んだ。

ツケが来て、倒れた。それまでさまざまな厄介事を潜り抜けてきたが、今回は無理だろうと噂された。それが若いお医者さんとベテランの医師の懸命な仕事で救われた。

——救われたのかもしれない……。

と自覚したのは、今春である。

むかいのソファーに座った母が言った。

「あなた、何歳《いくつ》になられましたか？」

「七十二歳です」

「そう、七十ですか。私は若い時に、男の方は七十歳を越えてから、本当の仕事ができると何度か耳にしました。あなたもこれから、そのようにしてください」

私は少し面食らった。そんな話はこれまで母から聞いたことがなかった。

「わかりました。来春になれば、この家が読んでいる毎日新聞に小説を書きます」

「それは嬉しいことです。毎朝、あなたの声が聞けますね」

帰りの電車で考えた。

――七十になったら男の方は……、あんな話、初めて耳にしたナ。イヤ驚いた。

これから先、何年生きられるか案じていた。

新幹線が倉敷の町を通過しようとした。その時、私は膝を手で打った。

倉敷は、忙しかった母が小学生の私に、モネの絵を見せに連れて行ってくれた町だった。

そうか、母はこの二年半、息子が帰ってきたら何を言うべきか、ずっと考えておられたのだ。だから、あんなことを……。

ありがたいことである。

忘れるから生きて行ける

三月十一日、北の地は朝から天気も良くて、そろそろ午後の二時半を回るなという時刻に、庭先に目をやると、二羽の仔雀が遊んでいた。家の二階の換気扇のカバーの中を巣にして生まれた子供たちである。

家人とお手伝いのトモチャンが、玄関先に落ちた藁《わら》を見つけ、真上を見上げ、雀がせわしなくはばたいて何やら懸命にやっていた。

「あっ」と二人は同時に声を上げ、「巣作りだわ」と笑い合ったらしい。

カラスの攻撃も何とか乗り越え、無事産卵し、巣立ちまでに至った。仔雀にすれば、我ヵ家の庭は、彼、彼女のテラスのようなものなのだろう。見ていて愛くるしい。大きさは私の手の親指くらいだろうか……。

——ああ、無事な春なのだ……。

と思わず声がこぼれた。

震災の日は、二時間前から庭先に鳥の姿は一羽もなかった。徹夜仕事になって数時間仮眠を摂り、目覚めて庭に出た時、

——おや、今日は一羽も鳥が来てないナ。どうしたんだ？　まあいいか、静かで仕事も捗《はかど》るだろう……。

あの時、どうしたんだ？　という思いがほんの少し頭の片隅に浮かんだのだが、それがあの大震災の前兆とは誰が想像がついただろうか。天災とはそうしてやって来るのだ。

科学が進歩していると言うが、肝心なことは何ひとつわかってやしないのではと思う。

文字など持たずとも、鳥たちは天災を予見しどこかへ避難することができる。

午後、南三陸町の蕎麦屋さんと家人が電話で話していた。三年前、復興の様子を皆で見に行った折に知り合った女性だ。

被災した大半の人は、あの凄《すさま》じかった時間を思い出したくないというのが本音だろう。なるたけ忘れるようにしている人の方が多いはずだ。それでも人間の記憶は残酷なもので何でもない時に記憶が顔をのぞける。かと思えば東京で人とお茶を飲んでいる時、何かの拍子に

そばの物が揺れたりすると、咄嗟《とっさ》に身構えてしまう。そうして何でもなかったとわかると、一人で胸を撫で下ろしている。情ないような気もするが、仕方ないことである。

二時四十六分。黙禱する。

「あっ、ゲンタローの声。

「そうそう、ゲンタローだ」と家人の声。

「そうそう、昨日も机を横切ってたよ」

ゲンタローとはまだ子供の蜘蛛《くも》の名前だ。勿論、何代目かである。東京の常宿のホテルにも夜半あらわれて、大胆に原稿用紙の上を這ったりする（どうも私は虫がつくらしい）。

家の中に生きものが棲みつくのは吉兆であると母から教わった。

生家では桜が散りはじめた頃、台湾などの南の国からツバメが帰って来る。そうして前年、彼等が生まれ育った軒下や、納戸の庇《ひさし》に巣作りをはじめる。

「あら、今年も帰って来たのね。無事に仔作りをするのよ」と軒を見上げる母の隣りで六人の子供が声を上げていた。

何度も母から手紙を貰うことはなかったが、この季節、ツバメが家に帰って来ると必ず母はそのことを書いてよこした。吉兆が子供のためにあって欲しいと願っていたのではと気付いたのは、大人になってからだ。

人間は同じ立場、年齢にならないと、その人がどんな思いで、そうしてくれていたのかに気付かない。特に自分の親はそうだ。

私は銀座でクラブ活動する折、隣りについたお嬢さん（オバサンもいるが）が何かの話で親に仕送りをしていると聞くと、容姿は関係なしに「次に来た時も隣りに座ってネ」と言う。或る時期、私の周りが親孝行のホステスだらけになってしまった。銀座にそんなに親孝行のホステスがいるとは思えないのだが……。

人は嫌なことは忘れるように脳ができている。当たり前だ。そうでなければ毎晩うなされることになる。東日本大震災から時が経ち、人々の記憶は薄れる。忘れてはならないとテレビ、新聞は特集を組む。それを見たり読んだりした折は、そうだ、忘れてはならないと思うが、数日すると忘れてしまう。それが人間というものだ。そうだから生きて行けるのである。

大人が口にしない言葉

こんなに暖かかった東北の冬を初めて経験した。

寒いのが苦手な私にとっては嬉しかったのだけど、北国の暮らしも十年以上経つと、この異様な暖かさは、やはり地震を心配する。

淀川にクジラがあらわれたり、深海の大イカや魚が漁の網にかかったのをニュースで見ると、日本海溝が熱されているのではと、余計な心配をする。

今日は四月一日で土曜日。明後日の三日から新しく社会人になる若者が働きはじめる。新社会人である。

私はそういう若者に向けて、応援の言葉を洋酒メーカーの力をお借りして書き続けている。新聞の広告面で伝えているが、なぜか好評を得ているのは今の大人が口にしない言葉を使っているからだろう。〝金のために生きるな〟〝名声や出世のために働くな〟〝上り坂と下り坂なら上り坂を選べ〟〝追い風とむかい風なら、断然むかい風に立て〟今、こういう言葉がなぜか人に共感を与えるらしい。

誰だって苦しいこと、辛いことはしたくない。それを敢えて言うのだから、嫌われることも多い。嫌われてもかまわないとは言わぬが（家族、身内のためにも）、そう書くことしかできないからしかたない。

今朝は嬉しいことがあった。ジャイアンツの名誉監督の長嶋茂雄さんが東京ドームに応援に出向かれた姿がスポーツ紙に載っていた。こんな嬉しいことはない。親友の元ジャイアンツ投手のY山もさぞ喜んでいるだろう。二人して電話の度に監督の心配を口にしていた。私たちにとって大学の野球部の先輩でもある。

ジャイアンツは開幕戦を勝利寸前に敗れた。先述した洋酒メーカーの会長が怒り心頭するような敗戦だった。私はジャイアンツファンではないが、その会長に世話になっているので、〝勝って欲しい〟と思ってジャイアンツ戦を観戦している。

この春、驚いたのはWBCの日本チームの劇的勝利だ。妻とお手伝いさんが夢中で応援しているので時折見たが、あんなふうに勝利する野球はめったにない。大変な視聴率だったらしい。

——あれっ、こんなに日本人は野球好きだったか？

と首を捻るほどの興奮振りだった。

コロナで三年余り大人しくしていた日本人にとって、まさに解放の勝利だった。

猫というものが、こんなに風景を見つめるのが好きな動物とは知らなんだし、こんなに勘の鋭い生き物とも知らなかった。それに清潔好きなのも感心した。

今、我が家に一匹だけいる猫のアルボはいつも家の中をうろつくが、突然いなくなる。そうなるとどれだけ探しても見つからない。どこに居るのかがまるっきりわからないのが妙なのである。

時折、私のそばでうとうととしているが、その表情はまことに可愛らしい。かと思うと家の隅に蟻なんかが動き回ると、たちまち前脚で叩いてしまう。私の生家にいた大きな猫はよく鳥をくわえて帰って来た。雀や文鳥のようなちいさな鳥ならわかるが、或る時は鳩をくわえて戻り、自慢そうにしていたのを見て驚かされた。

妻は四六時中アルボといるから、彼女の気持ちがよくわかるらしい。

「姉妹でペットショップにいて、先にお姉チャンがいなくなり淋しそうにしてたから家に連れて帰ったんですよ。さぞ淋しかったでしょうね」

亡くなった二匹の犬を飼う時にも、それぞれ思いがあったのを聞かされた。私の相棒のノボは二ヵ月近く売れ残っていた。

「それがイイ。その犬にぜひしなさい」

言ったのは私だった。

飼い主はペットを飼っているつもりでいる人が多い。実はペットに飼われている飼い主のほうが多いのに気付いていない。

いつになく美しかった

「今年の桜はいつになく美しかった」

そんな声をよく耳にする。

実際、それは本当であったようだ。

不思議なことだが、コロナが流行して、木々、植物の成長が豊かであるそうな。

さらに言えば、「戦争の最中の桜は美しい」と思い出を語る人もいる。

その因果関係は知らぬが、事実らしい。

ウクライナの戦争の報道で驚くのは、人間が千人、二千人殺されたと平然とアナウンサーが語ることだ。

千人の死体を見た人はおそらく、現在、生きている人の中でも一握りしかいない。

ウクライナの戦場に近い、ポーランドのアウシュビッツを家人と訪ねた折、展示室に、犠牲になった子供たちの靴が部屋の隅にむかって無造作（意図もあるのだろうが）に積まれているのを見て、案内人の中谷剛さんに数を聞き、その答えに目がくらむようだった。

戦争の犠牲者の数と、感染症の犠牲者の数に、私たちは慣れ過ぎてはいないか？

知床の海難事故も、遊覧船を運営する側も、運転する者も、あまりに海難事故に無知過ぎたのに呆れ果てる。

何年か前、韓国で多くの若者、修学旅行者が亡くなった事件の折も、救命胴衣を着ていれば、簡単に水に浮くと考えている人がいかに多いかに驚いた。

船が三十二度傾いているということは、ほぼ海の底に真っ逆さまにむかっているということである。

私も、今年の春の花々は揃って、豊かで美しいと感じた。

そう言えば、この四月に何度となく一本の木の下に立って、開花を待っていた。

桜ではない（元々桜は苦手である）。

杏子《あんず》の花である。東京の常宿の近くの病院の前に古木がある。何年か前に、その古木に白、薄桃色の花が咲いているのを見て以来、折があればと、毎春見るようになった。

病院の前に植えられているのは理由があって、昔、中国に名医がいて、貧しい人を診て、代金が払えない時は、杏子の苗を数株持ってくれればイイとした。それがやがて育って、林になったという。杏林と呼ぶ。イイ話である。杏雲という言葉もあるから、おそらく満開に近い開花時に、花が雲のごとく見えたのかもわからない。

仙台の桜の開花は、猫と二人で眺めた。

風や、飛ぶ蝶や、鳥が訪れるのを眺めるのが好きな猫で、それが亡くなったノボ、アイス（愛犬）と似ていて、うしろ姿が愛らしい。

体毛がブルーなのか、グレーなのか、目を悪くしてからは定まらぬが、手足が長いところはまことに洒落た感じで、品がある。

先日、寝室でもの思いに耽っていると襖の戸を引っ掻く音がして、家人が「見たいそうよ」と開けると、その猫が私の顔を見た。生きていた頃の犬そのままで、少し嬉しいような、そして切ないような感情が湧いた。

耳が小さく折れているところが愛嬌がある。

先日、元書店員のK氏より「生原稿にお悩みとか」とメールが来て、連絡が取れると、「あなたは千代田区ゆかりの小説家ですから、どこかの図書館が倉庫に置いてくださるかもしれませんよ」と言われた。

「いや、その話が可能なら助かります。さっそく仙台に戻って、きちんと整理し連絡しましょう。すべてでなくとも一部でそう願えれば有難いことです」

先日、仕事場の背後の積ん読の本でさえ処分する時は胸が病んだし、中にはいつか小説の資料にと置いていたものもあった。それらを捨てる時の複雑な感情は他人にはわかるまい。

風景の中で知る

東京は朝から雨が降り続いている。その雨空を私は仕事机で気をもみながら見つめている。明日が、この本の元担当者と現在の担当者とゴルフへ行く約束になっているからだ。

テレビの天気予報を昨夜から何度か見ているが芳《かんば》しくはない。一応予想では、今日の雨は夜の間に上がって、明日は晴れるそうだ。

ランチに出かけた店の窓辺で降りしきる雨を見ながら二人の担当者に電話を入れた。

私はテレビの天気予報を鵜呑みにしない。この頃の天気予報はよく外れる。ところが若い担当二人は、まるで平気で「明日の予報は晴れますから大丈夫ですよ」と明るく言った。こういう性格が羨ましい。それでも心配で空模様を見る。

ゴルフと言えば、マスターズトーナメントがあり、私は上京していたので珍しく四日間テ

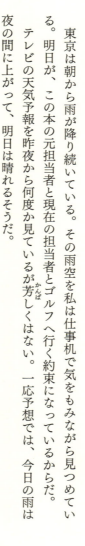

レビ観戦した。少し眠たい時もあったが、最終日まで観た。なぜ、そんなに観たのかというと、贔屓《ひいき》の松山英樹選手が勝ちそうに見えたからだ。以前、松山のマスターズ優勝を予想し、それがたまたま的中し、いろんな人から、どうして彼が勝つと思ったのかね？　と訊かれた。「いや応援しているんで勝って欲しいという願望が、そんな文章になっただけです」と答えた。

根拠がなかったわけではない。プロのプレーヤーの詳しいことは、私たちアマチュアにわかるはずはないが、松山選手が懸命にトレーニングをしていると聞いたことと、彼のあの眼である。勝敗に関わる仕事をしている人には勝ち時にさまざまなものが充実する。

――もういつ勝ってもこの人はおかしくないのではないか？

そう思っただけである。ゴルフ好きの人でなければ、海のむこうでやるマスターズのことはよくわかってもらえないだろうが、マスターズが開催されるオーガスタナショナルのコースは松山選手と相性が良かったたし、彼はローアマチュア（アマチュアの中での一位）になったりしてコースを熟知していた。

さて今回は、日本の天候もそうだが、アメリカ東南部の天候もヒドかった。嵐のような天候の中で松山選手はよく踏ん張っていた。

素人の目から見ても、彼のフォームがやわらかく変わり、コンパクトになっていた。彼はこの数年、首痛に悩まされていた。あんなに思い切って振れば、首だって痛くなるわな、と私は感じていた。何のプロスポーツでもそうだが、長いトレーニングで出来上がったフォームは、そうそう変えられない。本場、アメリカでもトップの練習量をしていると言われる彼だから、それができたのだろう。

悪天候は決勝ラウンドに進出したすべての選手に襲いかかり、彼は最終日25ホールのプレーをしなくてはならなかった。その日の前半、よく踏ん張り、トップが見える位置に残っていた。これはいけるかもしれない。ところが、彼が得意とする180ヤード以内のアイアンショットがおかしくなった。私も初めて見る松山選手のミスプレーの連続。

――どうしたんだ?

やはりマスターズの覇者に再びなるには、前より大きな試練が立ちはだかるのだろう。でも充分彼は成長していた。素晴らしいことである。

海外というより、そのプロスポーツの本場で成長し、力を発揮することは難しい。

感心したのはサンディエゴパドレスと再契約したダルビッシュ有投手だ。彼も自身の体力の限界がわかっていて、そこにパドレスが、彼が望む家族や友人たちのことも配慮した契約条件を提出した。

彼の再契約のインタビューはまさにプロ選手の鑑のように頼もしかった。いや本当に私も驚いた。やはり懸命に生きて行く者は成長し、大人の男になるのだ、と思った。良い家族を得て、信頼できる友人、知人を異国の地で得ることはそうた易くはない。ダルビッシュ氏自身が成長しているのだろう。

WBCでは、彼が春期からチームに合流でき、しかも参戦することで、栗山監督もチーム力を見据えることができた。あの優勝は彼の参戦からはじまったと思う。メジャーの最高年齢の投手も夢ではない。きっと素晴らしい活躍をしてくれるだろう。

もうひとつ私にとって嬉しかったのはプロスポーツと言っても少し様子が違って聞こえるかもしれないが、オートレース選手の森且行君が悲惨なレース中の事故を奇跡的に克服し、復帰第一戦を勝利したシーンを見ることができたことだ。

少年の頃、父上と行ったオートレース場で見た恰好イイ選手たちの姿が忘れられず、人気絶頂の芸能界から仕事を移した。その時も私は応援の一文を雑誌に書いた。リハビリの様子を画面で見たが、よく耐えたものだ。

父に手を引かれてレース場に入った少年は、「あのオイルの匂いが好きだった」と語る。

メジャー野球のチームの本拠地には必ずそこにしかない匂い、雰囲気がある。かつて松井秀喜氏が「ヤンキースタジアムが選手の背中を押すんです」と言った。サンディエゴにはそこにだけ吹く風があり、オーガスタナショナルにも同様の何かがあるのだろう。

人は風景の中で人生を知るのかもしれない。

チラッと見た横顔

先刻から右隣りに座った若い女性の肩が、私の肩に数十秒ごとにコツンと当たる。
見ず知らずの女性である。
通常こういう動作に遭遇すると、これは何かのシグナルと考えるのが普通である。
顔見知りなら、
「ねぇ、ちょっと、わかってるでしょう。私の気持ち、もう知らん振りして」
と考えてもおかしくない。
しかし私は知らん振りをして前を見てた。
なぜか？
早朝の電車の座席に私は座っていたからだ。

その女性は電車が渋谷駅を通過するまでは手にしていた携帯電話を見ていたが、三軒茶屋駅を過ぎたあたりで眠り出した。

——そりゃ眠いだろう。まだ朝の六時過ぎだものナ……。

チラッと見た横顔は真面目で、賢明そうなお嬢さんだった。

左隣りの女性も、スマホを覗くのをやめて同じように目を閉じて眠り出した。

むかいに座る六人の内、三人が眠っている。

——春の朝だものナ……。

起きてる三人の中に一人だけ本を読んでる若者がいた。スマホを覗く二人の目の表情と本を読んでいる若者のそれはあきらかに違っている。スマホを覗く目は、流れ作業をする人の目に似て、どこか精気がない。本を読む目は活字をタテに追い、ところどころで目がかがやいたり、かすかに笑ったのではと思える表情をする。

——よほど面白い本を読んでいるのだろう。いったい誰の本だろう。

文庫本だから、私の座るむかいからは距離があってタイトルは判別できない。

まあ、あれだけ夢中なのだから、私の本ということはあり得ない。

その隣りで、顔を天井にむけてのけ反るようにして眠っている若者が、のけ反り過ぎて後頭部が背後の窓に当たった。

何が起きたという表情をしてその若者が目を開けた。本を読む若者がチラリとその音に気付いて、二人が目を合わせ、文庫本が、何やってんだ、おまえ、という顔をした。私は失笑したが、すぐ目を手元に戻した。失態は見て見ぬ振りをするのが礼儀である。

肩がコツンと当たり、見ると右隣りの女性は本格的に眠っている。肩が当たると元に戻るが、やがて上半身の振り幅が大きくなり、またコツン。

――眠った振りして、実は私に何かを伝えようとしているのだろうか、まさか……。

こういう発想が痴漢行為につながるのかもしれない。

二子玉川で左隣りの女性が電車を降り、替りに男が座り、手にした譜面を見ていた。

――譜面か、懐かしいナ。そう言えば社会人野球の歌の作詞の締切りが今月だった。

またコツン。かなり強い当たりだ（この当たりなら豪栄道もすっ飛ぶかも）。そこまでではないが、やはり強い。

――もしかしてこの人、熟睡してすでに降りる駅を通り過ぎているのでは……。

しかし、モシモシと肩を叩いて、急に目を開け、何してるんですか、あなた？　と大声を出されても困まる。

考えた末、次の衝撃の前に、私はじっと置いていた自分の肩をうしろに引くことにした。そらっ来るぞ、エイッと肩を引いたら、女性は頭から、私が膝の上に置いたペットボトルを握っている手の甲に、ガッツンと当たって、目を大きく見開いて、私の顔を見て、ちいさく会釈した。

「気にせんでいい、大丈夫です」

私が言うと、彼女はまた会釈して、少し首をかしげた。その仕草が、どうしたのかしら、という感じで、可笑しかった。

神保町から乗っていた客のほとんどはどこかの駅で降り、新顔はサラリーマンと中、高校生であるが、文庫本はまだ粘っていた。

何の本を読んでいるのか知りたくなり、私は少し身体を乗り出し、メガネを外して背表紙を見た。六文字のタイトルで、最初の四文字がひらがなのように見えるが判明しない。しかしうわ表紙を取った文庫本のデザインはどこかで見た気がする。

——まさか……。

と私は目をさらに開いて身を乗り出した。

その時、私の行動に気付いて相手が私を見た。私は他所《よそ》に目をやった。すると相手はなおも私を見て、いきなりひとさし指で私をさして、その指を文庫本にむけた。

「これ、あんたの本？　だよね、アッ……」

私は右手でＯＫマークをしちいさくうなずいた。中央林間駅のひとつ前の駅に電車が着き、相手はあわてて立ち上がり、ずっと私を見たままホームに降りた。

終点の中央林間駅に着き、迎えのバスに乗り、私は早朝のちいさな旅に疲れて、ゴルフコースのテラスの椅子でしばらく休んだ。

嘘のような話だが、その本のタイトルは『いねむり先生』であった。

また逢えるまで

週明け早々に東京へ出かけた。ゴルフの誘いがあった。嬉しいことなので出かけることにした。バイデン合衆国大統領が来日中で、東京の道路は各所で大渋滞していた。だから早朝から都心を離れて出かけた。

天気も良く、フェアウェーを歩いていて楽しかった。同伴の先輩がふたつのバーディーを獲って、見ていてまぶしかった。

ゴルフは同伴プレーヤーの喜びを分かち合うことができる不思議な魅力がある。

先日、二年半振りに北野武監督とフェアウェーを歩いた。たけしさんには不思議な魅力があって、並んで（うしろからでも）歩いているだけで、嬉しくなってしまう。

私が病気で倒れてから、何度となく、

「ゆっくり恢復してください。焦らず、ゆっくり構えていれば、或る日、灯りが点るようにいろんなものがつながって、光が見えますから。私もそうでしたから」

とバイク事故の折の、他人にめったに話されないことを書いて送ってくださった。

去年の秋くらいから、暖かくなったら二人で歩きましょう、とゴルフの誘いが来て、それが私の愉しみになった。

二年半振りに逢えた時は、自分の声が震えているのがわかった。ニコニコと、あの屈託のない笑顔と、シャイな表情……。

――たしかにたけしさんだ。ありがたいことだ。あんなに忙しいのに、私と……。

帰途、銀座で鮨をつまみ、話を聞いた。

夢のような一日だった。

――また再会の時まで踏ん張るか。

五十年前の春の日、私はピッチャーズマウンドに立ち、チラッと横目で、今しがた私の投げたボールをガツンと打ち返した元甲子園球児が二塁ベース上で自慢気に立っているのを見た。

そこに足音がして、

「チョウさん（当時の私の名前）、ドンマイ」

とやわらかな声がした。

振りむくとそこにたけしさんが笑って立っていた。

私たち二人はその草野球チームに助《すけ》っ人《と》選手として参加していた。

私は大学の野球部を三、四年前に退部しており、まだ身体と野球勘に貯金があった。

かき集めチームの選手の技量を見た。一人だけ、抜群の野球センスの男がいた。ユニホームの着こなしから、手にしたグローブの油の光りから、その男は根っからの野球好きで、しかも腕に相当の覚えがあるはずだと思った。練習で少しボールを打っても皆ライナーで打ち返す。それより凄いのは守備だった。石コロだらけの、ボールの大半がイレギュラーバウンドするのを、油で光るグローブがこともなげにさばいてファーストに送球する。

「たけしさん、ショートとサードを一人で守ってもらえませんか。カーブ投げまくりますからほとんどそちらに飛びます」

「まかせとけ」とポーンとグローブを叩いた。

言葉どおり、ほとんどのゴロをアウトにしてくれた。接戦になった。そこで私が打ち込まれた。励ましに来てくれたたけしさんに言った。

「あいつ今夜、酒が美味いでしょうネ」

「それだけ見栄を張る元気があるなら逆転だ」

その裏、たけしさんが右中間に見事な逆転三塁打を放った。

——何だ。こんなに長い間、自分はたけしさんに助けられてきたのか……。

惚れ続けて

何やら懐かしいような気持ちがする日曜日だった。朝から愉しみがいくつかあった。ひとつは競馬のダービー。もうひとつはラグビーのリーグワンの決勝戦。仕事場のカーテンを開けると快晴であった。

——いい競馬日和だ。申し分のないラグビーの戦いになるだろう。

ラグビーは私が唯一応援している東京のチームが出場していた。

競馬のほうはその年の若馬（牡馬）の最高峰を決定するものである。馬主も、生産者も、牧場で働く皆が、一頭の若馬がその年の頂点になるのを目指すレースだ。〝ダービー〟は馬の能力だけでは獲れない。さまざまな要素が重なって、なお運のようなものが必要なレースだ。そのレースに五十歳を越えた日本と世界をも代表するジョッキーが挑む。

武豊騎手である。

私は武騎手とは彼のデビュー時からのつき合いで、彼の誠実な競馬への姿勢と、天才とまで呼ばれた鮮やかな騎乗振りに惚れ込み、ずっと応援してきた。一時、彼が海外遠征をしていた時期には、ヨーロッパまで応援に行っていた。その縁で彼の結婚の仲人までさせてもらった。好青年そのものだった彼が、今は壮年となっている。

今回の騎乗馬はドウデュース。かつて彼が騎乗した名馬ディープインパクトのような大器感はないが、俊敏なフットワークはいかにも武騎手の好む馬という感じだ。この馬にはこのレース以外への因縁があって、馬主が武さんの大ファンで、彼に自分の馬に騎乗してもらい、その馬でパリ、ロンシャン競馬場の毎秋催される凱旋門賞レースを獲ってほしい、という物語がある。

――ホゥーッ、そんな夢のような発想をする馬主がいるのか。

馬主というのはなかなか厄介な立場で、よほどひとつのことに惚れ続けないと、やっていけない立場だ。その物語を耳にして、私はその夢に少し乗ってみたいと思った。

それで武さんの仲人をする折にやめた馬券購入を、少し許可してもらおうと、常宿近くの後楽園（ドーム球場）の場外馬券売り場に行った。ひどい混雑で、こりゃ無理だ、と諦めかけたが、なんとか⑬番の単勝馬券を一枚だけ買って汗だくで帰った。ホテルの部屋でレースを観た。素晴らしいレースだった。映し出されたドウデュースと武さんがまぶしかった。

——これならラグビーも勝てるぞ。

こちらは大変なゲームだった。最後まで決着が見えなかった。大兄がこよなく愛するチームは惜敗の準優勝だった。残念であった。

ゴルフの女子プロトーナメントで贔屓の小祝さくらさんが今年初優勝。良かった。

大相撲の安美錦の断髪式があったというのを夕刻のテレビのニュースで知った。根強い安美錦のファンを何人か知っているが、なかなか玄人受けする力士で、私も一度言葉を交わしたが好漢という人であった。安治川親方となるそうだ。部屋を持てば一度訪ねてみたいものだ。

バスケットのBリーグで宇都宮がひさしぶりに王者となった。こう書いていると、スポーツ新聞じゃないんだから、と思ったりする。

海外ではフランスでプロサッカーのヨーロッパチャンピオンズリーグの決勝戦があり、レアル・マドリードがリバプールを破り、十四度目のチャンピオンとなった。この決勝戦、チケットトラブルでゲーム開始が四十分近く遅れ、暴れたリバプールファンを警備のフランス警察が催涙弾で打ち、子供と女性が涙を流して、暴徒と化したリバプールファンを訴えていた。

ヨーロッパで繰り広げられるスポーツを見ていると、サッカーのファンはやはり日本のそれとずいぶん違っていて、私から見ると、少し異常なのではないかと思う時がある。

〝フーリガン〟と呼ぶらしいが、私は或る時期、今回優勝したレアル・マドリードの応援にヨーロッパ各地を訪ねたことがあった。

ジダンがいて、ロナウド（ブラジル代表）、フィーゴ（ポルトガル代表）がいた時期で、世界で一番強いチームと呼ばれていた。本拠地マドリードでのゲームが終わった後、スタジアムから駐車場まで二時間歩いていくのだが、皆平気でそうしていた。

ジダンが少年時代を過ごしたフランス、マルセイユの一角を訪ね、ストリートサッカーに興じる少年たちの姿を見て、

――こうやってジダンは、あのドリブルを身に付けたのか。

と胸を打たれたことがあった。取材でジダンと話した時、彼の瞳の美しさにドギマギしたのを今もよく憶えている。昔のことを思い出す、妙な日曜日だった。

さもわかったように

新緑の季節、山裾や沢径を歩いていると、突然の風に周囲の木々の色が、一瞬、真っ白に変わることがある。

都会の公園でも、突風で、木のてっぺん辺りが白く光るのを見る。

少年の時、初夏、母と二人、山中に暮らす母の同級生の初産のお祝いに出かけた折、山《やま》颪《おろし》に山全体が真っ白になった。

「ねぇ、さっきから何度も山が真っ白に光るんだけど……」

私が不安そうに訊いたせいか、母は立ち止まって山を見てくれた（おそらく海で育ったので初めて山の奥へ入った恐怖があったのかもしれない）。

「あら、本当に真っ白ね」

私は眉根にシワを寄せてうなずいた。その表情を見て、母は笑って言った。

「あれは葉裏の白が見えてるの」

「ハウラ？」

「そう、葉っぱの葉《ハ》に、表裏の裏《ウラ》で、葉裏」

そう言って母は足元に落ちていた一枚の葉を拾い上げ、その葉を裏返した。

「ほら、これよ。真っ白でしょう。お日様が当たっている方は緑色で、裏側は白いの。その葉が強い風にひっくり返って白く見えるのよ。でも山の風は気持ちいいわね」

背伸びする母はまだ若く、陽気だった。

私は、その葉を何度か裏返し、山を見直して、白い山の正体に安堵した。少年の私は何かにつけおびえ出し、母を困らせていた。——葉裏《ハウラ》か……。

六月の風に葉が白く変わるのを見ると、六十年近く前の、その日の光景が浮かぶ。

母は何でもよく知っていた。私が何かを尋ねるとたいがいのことは応えてくれた。

短歌も、俳句も諳《そら》んじていて、私に聞かせてくれた。奇妙なことだが、幼い時に覚えたものは生涯忘れないらしい。書も母から教わった。母であり、教師だった。

しかし今考えてみると、若い女性がそんなに何でも識るはずはない。質問好きの変わった息子のために、彼女はどこかでわからぬことを懸命に調べ、教えてくれたに違いない。

家人によく、なぜイスラエルは揉めるの？　などと朝食時に質問されると、今は仕事が忙しいから夕刻教えてあげよう、と言って、仕事の合間に中東問題を調べ、夕食時、さもわかったように話してやる。それが普通だ。

母に比べると、小学校を途中までしか行ってない父を、私はどこかで無学の人と思い込んでいた。ところが晩年になり、ようやく父と話ができるような関係になった時、父の思慮が深いのに何度も驚かされた。

父が逝き、遺品を片付けた時、何冊かの手帳と一緒にローマ字の練習ノートが出て来た。日付を見ると、私が初めて学校でローマ字を習った年月だった。そのノートにKもCもカキクケコと書かれ、COLA《コーラ》と読み方が補足してあった。私は母に訊いた。

「父さんはこんなことをしていたの？」

「そうよ。あの頃、街に横文字の看板が出はじめたの。それが読めなかったので勉強されたのよ。ほら、あなたと同じ時に」

私はしばらく黙って、その文字を見ていた。

父は死ぬ直前、母に、父の事業の母体としていた土地は絶対に手放すなと告げた。小説の仕事はいつどうなるかはわからないから、帰って来たら、あそこで一から出直せると……。その時、私はすでに五十歳を過ぎていた。心配も、勿論あっただろうが、根本にあるのは親の子供への情愛である。

六十年以上過ぎて、つくづく愛情を受けていたことを、私は今、有難いと思っている。

六月を奇麗な風の吹くことよ　正岡子規

第二章

大人になるということ

淋しい思いをさせた

夕刻、東京の常宿の部屋に戻ると、花が届いていた。

花はガーベラとカーネーションで〝父の日〟であることがわかった。下の娘からの花だ。

娘から花をもらったのは初めてのことだ。

その花を仕事場の窓辺に置いて、しばし眺めていた。

――父らしいことは何ひとつしてないのに……、有難いことである、と思った。

上の娘は結婚していて三人の男児がそれぞれ腕白盛りらしく、たまに逢うこともあるが、それとて数年に一度である。下の娘はまだ独身で、幼児教育の塾のような学校の事務員をしていたが、今はもしかして先生の役割もしているかもしれない。

花を見つめているうちに、自分は父にそんなことを一度もしなかったナと思った。それは

〝父の日〟という習慣が日本にまだなかったからというのが理由で、やはり感謝の気持ちを一度として言わぬまま、父がこの世を去ったことを思った。これも当時の父子の習慣であったし、淋しい思いをさせた、と悔んだ。

そういう時代ではなかったのだ、と言ってしまえばそれだけのことだが、やはり父は淋しく世を去ったのではと考えた。

父は花などに興味はなかったようにも思えるが、それはやはり違う気がした。

断っておくが、感傷的な話を書いているのではない。正直、そう感じたのだ。

私が父と接していたのは生家にいる間だけで、上京して以降、成人になってからは、父とともにいることはほとんどなかった。

では父といた日々はどんなふうだったか？

私が目覚めると、父はとうに家を出て働きに出かけていた。一度とて、父が母屋でゆっくり過ごしていた日はなかった。前の夜、どれだけ遅く帰宅しても、翌朝、父はいなかった。それが大人の男の行動だと思っていた。

父は働き通しだった。そうしなければ多勢の子供と、従業員を養っていけなかったのだろう。それを見て育ったせいか、私は大人の男は（女性でも）、毎日朝早くから働く人たちと信じていた。休日などなかった。

世の中が変わって、週休二日とか、コロナが流行し、リモートで自宅で働くなどと言い出し、週休三日という人もあらわれた。

それは労働ではない。どう世の中が変わろうと、人は毎日何かしらなさねばならぬふうにできている。

週末を当然のごとく休み、こんなに多い祝祭日も休んでいれば、この国は傾くと私は思う。休むために、遊ぶために、人は働いているのではないし、労働をした代価が休遊の時間ということはあり得ないのではないか?

人は何かしら学び、向上のために励んで行く生きもののように思う。

私の考えが古い? 極端だ? それで結構。


山形からサクランボが仙台の家に届いたそうだ。若い頃から長く仕事を一緒にさせて貰った友の奥方からである。友はとうに亡くなった。

なのに毎年、初夏になると、美味しい果物が届いている。友が生きている時、そうし続けてくれていたが、今は奥様が受け継いでいる。その果物を見る度、どんな思いで奥様は果物の具合いを計り、私の住所を記しているのだろうか、と思った。三年が過ぎた頃から、奥様の気持ちをおもんぱかった。今年が何年になるのかさえ怪しいと思われたので、今日奥様宛に手紙を書いた。

「もう今年限りにして下さい。そうしましょう。礼状もおぼつかなくなる」とやはり辛いことを正直に打ち明け、願いの手紙を出した。

そういうことをしている家族がいらしたら、ご主人が亡くなった年にやめるのが一番だが、どうしてもというなら三年目を境に贈答はやめるのを、日本人のしきたりとすべきである。そうしなければ、贈る方も答える方も可哀相である。

きっと昔は、そういう決まり事があったに違いない。それをきちんと表立って教える人がいなくなったのである。

藤沢周平の名作『蟬しぐれ』には称《たた》えるべき一節がいくらもある。

指を嚙まれた隣家の娘の指を介抱してやるシーンも、その娘と二人して、父の遺骸を積んだ大八車を押すシーンもそうだが、私が何より好きなのは、息子が父との最後の別離の場面で、若過ぎて動揺してしまい、父へ感謝の一言が、どうして自分はきちんと言えなかったのかと悔むシーンである。

なぜあのシーンが素晴らしいのか？　それは長く日本人の父と息子は、敢えて感謝を口にする習慣がなく、父は子のために死ぬ気で生きることが当たり前だったからだろう。

週末、上司と（独りでもかまわぬが）休日返上で仕事をすることは人の徳だと、当たり前のことだと私は信じている。だからこの国は、今日まで栄えたのだ。

祈りのようなもの

家人から連絡が入り、東の庭の軒下に鳥が巣を作り、仔鳥が生まれていると、嬉しそうな声で言われた。

先月、雀が二階の換気扇に巣作りをしている最中にカラスに襲われ、親鳥が亡くなったことが、彼女はショックだったらしく、カラスの姿を見ると、許さない、と睨んでいた。

「その仔鳥は雀ですか？」

「違います。野鳥です」

「今、何と言ったの？」

「野鳥です」

――雀も野鳥でしょうが。

「その野鳥は、何という種類なの？」

「それはわかりませんが、ヒナ鳥の声はとても可愛いわよ」

「あっ、そう……」

今、関東のゴルフコースへ行くと、燕が巣をこしらえていて、親鳥が餌《えさ》をくわえてしきりに巣に運んでくる姿を見かける。

少年の頃、暮らしの中に燕がいた。

春に韓国や台湾からやって来て、繁殖期を迎えるとツガイになり、二羽がせっせと我ヶ家の軒下に巣をこしらえる。たいがいは去年まで巣があった場所に、古い巣を土台にして巣作りをするのだが、新しい場所に巣を作る場合もあった。

弟が母に訊いた。

「古い巣に作った方が楽なのに、どうしてあの二羽は新しい巣をこしらえてるの？」

「きっと、あの二羽のどちらかが、去年、古い巣で生まれた鳥だからじゃないかしら」

「本当に？」

「たぶんね。もうすぐ古い巣にお父さんとお母さんが帰って来るんじゃない」

すると、そのとおりになって、私も弟も目を丸くしてふたつの巣を眺めていた。

その鳥たちが仔鳥を産み、やがて仔鳥が巣立ちし、夏を元気に暮らし、秋になると〝渡りの準備〟と呼ばれる数百羽の群れが、入江を一緒になって飛翔をくり返す。

——もうすぐ飛んで行くんだ……。

千キロを越える旅を思いながら、少年の私は燕の群れを見ていた。

燕は、毎年、巣を作るわけではなかった。

我ヶ家は、燕が巣を作ると、その年は良い事があるという、何か祈りのようなものがあった。

「あら、燕が帰って来たわ。お帰りなさい。今年はきっとイイ事があるわ」

まだ若かった母が言った。

私が上京してからも、母からの手紙には、必ず燕のことが書いてあった。

〽今年は燕が帰って来ました。あなたにもきっと良い事があると思いますから、頑張って下さい〽

母は何かにつけて子供たちの無事を思っていてくれたのだろう。

昨日、お茶の水の常宿のホテルから、昼食を摂りに猿楽町の方へ降りて行くと、幼稚園の敷地の隣りの公園の木に十羽余りの仔雀が遊んでいた。仔雀は飛び方が一生懸命で、羽をバタバタ動かす。鳴き声も可愛い。その上じっとしていることがない。ヤンチャと言うより、不安がそうさせるのだろう。すばっしっこいのもいれば、いつも最後について行くのもいる。それが人間の子供の行動にどこか似ている。

都会の雀が成鳥になる確率は半分もあるのだろうか。

昼食に出ると、この一年くらい前から、或る店に（うどん屋だと思うが）三十人近くの人が並んでいる光景を目にする。

たかがうどん一杯に、なぜあんなに人が並んでいるのかよくわからない。おそらく美味くて安いのだろうが、私にはできない。

ラーメン店なんかにもよく人が並んでいるのを見ることがある。ラーメンごときで並ぶ人もどうかと思うが、人を並ばせる店の神経もよくわからない。私にはどこか傲慢に思える。うどん屋の光景を見る度に、

――立たせてないで椅子くらいは出してやれんのか？　と思う。相手は客だろうよ。

私が、時折行く、つけ麵屋も、客が並んでいる時がある。私は、バカなことを、と思い（口に出すこともあるが）他の店へ行く。

昼食の行き帰りに、私は鳥や、蝶、蟬の姿を見つけると、そこで立ち止まり、しばらく眺めていることがある。

いつだったか、蟬の声がして、その姿を見つけたくて一本の木をじっと見上げていたら、

「何が見えますか？」と見知らぬ男から声をかけられた。

――いや、蟬を探しているんですが……。

と大の大人の男が言えるものではない。

黙っていると、男はまた「何なんですか」と訊いて来た。

「何なんですかって、おまえこそ誰だよ」

すると男は、いや、と言って立ち去った。

東京にはいろんな人がいる。

大人になるということ

——間に合うだろうか……。

早朝の仙台の仕事場で、まぶしい野球のユニホームを着た故郷の後輩達の姿が浮かんだ。

何が間に合うのか。高校野球部に送った新しい試合用の硬式ボールのことである。

いつの頃からか、後輩にボールを送るようになった。暮らしに少し余裕ができた頃からだろう。

私が小説家としてデビューした頃は、作家になる人は、推理小説作家以外は大半の新人は裕福ではなかった。小説家の貧乏生活が当然のように語られていた。作家と言えば、結核持ちの栄養知らずであった。

もうひとつは、面白いことにスポーツマンタイプも少なかった。

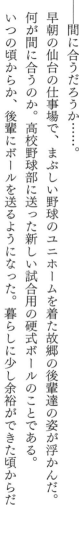

だから文壇ゴルフ（作家を中心としたゴルフのこと）デビューをした頃、先輩作家の前で力を込めて振って強打しようものなら、「君の球筋は作家のものじゃない！　少しは手加減しろ」と呆きれ、嫌がられる方が多かった。

小説家が貧乏の代名詞と言われていたのを実感したのは、三十代半ばを過ぎて、生家の母親に、しばらく文章を書いて生活しようかと思うと打ち明けた時だった。母は目を丸くして、「それは大変だわ。家の中から作家先生を出そうとすれば、簞笥のふたつ、みっつ、いいえ山のひとつも売っておかねば、と聞いたことがあるわ」と言われた。

それほど一人前の小説家になるには、時間と経費がかかったということなのである。

午後、野球のボールの納品を頼んでいた同じ高校野球部の後輩Y君から電話があった。

「どうやらボールは間に合いそうです。もう届けたそうです」

「そりゃ有難い。済まなかったね」

「いや、あっち（山口県）はえらい集中豪雨で、一度雨で順延になった試合がまた延びそうらしいんです」

ともかく、このところの天候は異常で、夏だというのに、まだ雨が上がらない。

ボールを送るのには理由があった。

それは現役の高校生の時、夏の甲子園予選の試合で、投手から外野手（右翼手）になっていた私のポジションの隣りを守っていた上級生のほうへ、満塁のチャンスに相手が打ったボールが二遊間を抜けたゴロで飛んで来た。先輩は一点でも点を与えたくないと、猛然と前進した。見事にボールを掬《すく》いホームへ返球した時、なんとボールがふわりと先輩の頭上に上がった。私もカバーに走っていたので、その一瞬、アッ！　と思った。すべったのである。返球のボールを指で握りしめホームに投げようとした時、ボールが指先からすべったのだった。

問題はなぜすべったのか、だった。理由は田舎の高校の野球部には予算がほとんどなく、練習の時は破れた縫い目を継ぎ直したり、雨で濡れたりでボロボロの、ザラザラしたボールしか普段使っておらず、甲子園の予選の試合公式戦では真新しいボールを使用していたのでツルツルしてすべり易かったのだ。その間に走者は一掃して、私達は四対三で敗れた。その失策だけが敗因となった。

試合後、泣きじゃくる先輩を見ていて、私も可哀相になった。そのこともあって、大人になってからニューボールを送るようにした。先輩にとっては生涯の無念の失策だったろう。

カンカン照りの夏の陽差しを大人になって浴びて、こりゃ暑くて仕事にならないだろう、という日に、あの頃、炎天下のグラウンドで声を出し、白球を追っていた時代を思い出して、「あの頃の暑さ、厳しさに比べたら、こんなもんは屁でもない」と何度も思った。同時に、あの頃が一番良かったナ、と思ったりする。大人になるということは多くのことをかかえ込むことである。厄介事もあるし、しなくてもよい相槌を打ったりする。

私の好きな野球の話がある。ヤンキースでコーチをしている松井秀喜選手の暑い夏の陽差しの下のグラウンドの話だ。

夏の甲子園が終わり、彼が部室へ道具を片付けに行った折、練習が休みのはずのグラウンドに一人の影が見えて、何だろう？　と思うと、監督さんだった。一年の内の唯一の休みに監督は新しいチームのためにグラウンドの小石を拾い、整備をしていた。

——自分たちの時もこうしてくれていたのか、と思うと、頭が下がったと言う。

野球は道具を大切にしなさい、と教わる。それがプレーに繋がるか？　繋がるのである。

だからいくら興奮したからと言って、グローブを放り捨てるなんてことをする選手は、いつか野球の神様の罰がくだると私は信じている。

あの夏からもう五十年近くが過ぎている。

若い時の苦しさは身に付くと言う。

人生は、失敗のほうがその人を育てるとも言う。いろんな夏がそれぞれの人にあったのだろう。

あとは独りだった

先日、故郷の高校が甲子園の予選で敗れた。シード校だというので期待したが残念だった。さぞ選手たちは無念であったろう。

仙台でも地区予選の決勝を放映していたが、聖和学園が惜しくも敗れた。聖和はかつて東北新幹線の線路近くにグラウンドがあって、何となく親近感があった。それに私は名門校が嫌いだ。私の母校が一度しか甲子園に出場してないただの高校であったせいもあるかもしれない。その甲子園に出場した選手の一人だった人が監督だったので、一年間休みなしで練習をさせられ、春の甲子園も手に届くところまで進んだ。私がバッターの時に一死一、三塁で、どうもスクイズをさせられそうだったので、自分でタイムを取って、監督の下へ行くと、小声で「何しに来たバカ」と言われ「打たせて下さい、自信あります」と大声で言う

と、監督は顔色を変えた。そういうことが平然とできるほどの田舎チームだったのである。卒業してから三十年過ぎても監督から「あの時、おまえがあんな行動をしなかったら、俺たちは甲子園に行ってた」とずっと言われ続けた。私は私で、そんなこと知るか、と嘯《うそぶ》いた。

そんな田舎高校からでも、私は六大学野球の一員となり、肘を痛めるまで何とかプレーできたし、今でも同級生とゴルフに出かけたりしている。中にはジャイアンツに一位で指名されたY山のような名選手もいた。

誰も皆イイ奴ばかりだ。

球児の不思議な所は誰もが本気で甲子園へ行こう、行けると思っている点だ。だから敗れるとあれだけ涙を流せるのだ。

それにしてもよく毎朝十キロ近くを走り、夜は夜で何百スイングもしたものだと感心するし、今夏のように猛暑が襲うと、あんな暑い中で朝から夜まで水も一滴も飲まされず声を出し続け、よく白球を追えたものだと、信じられない。

母校には専用のグラウンドがなかった。おそらくあの時代、名門校以外は皆同じようなものだったろう。バッティング練習の時に、外野に居ると、目の前を陸上部の選手が横切った。そんな中に可愛い子がいて、ナカナカの胸をしていて、「ユラユラだナ」と言うと「クラクラが正しいんじゃないか」と仲間が言って苦笑いした。そのうちサッカーが盛んになり、背後からサッカーボールが飛んで来たりして背中や頭にカッコーンと当たった。うしろからカッコーンで目の前にユラユラじゃ、甲子園は無理でしょう。

或る時期、高校へ野球の指導へ行っていた。その時の教え子が私のことを今も監督、監督と酒場で呼ぶのを見て酒場のママやお姉さんに、どこか現場で働いているの？　と訊かれた。

甲子園の野球がはじまると、試合後、勝利したチームの栄誉を称え校歌が流れるが、たしか永六輔さんが言ったことだと思うが、敗れたチームに校歌を歌わせれば、最後まで皆の校歌が聞ける。たしかに妙案である。

私はこの言葉が好きで、マスターズで松山英樹が勝利した時、十八番ホールからスコアー記載の確認のためにオーガスタのクラブハウスへ向かう道で、誰一人として飛び付いたり抱きついたりしなかった姿ほど勝者らしき姿はなかったと思う。一見、孤独に見えるロードを喜びをおさえて歩く姿は、本当に男惚れがする姿だった。

ヤンキースを世界一にした選手の一人、松井秀喜がＭＶＰを獲得した時、すべてのセレモニーが終わって、ベンチに一人向かう松井選手を一台のカメラが追った映像を目にしたことがある。モミクチャにされず、黙って歩く彼の姿は美しくさえあった。途中一度だけ親友のジーターが抱擁した。あとは独りだった。

「それでいいんだ。勝者には何もなくて」

蟬しぐれの坂道で

えらい暑さである。岡山の人なら、どえらあ暑さじゃのう、となる。

「仙台ですと東京より少し涼しいでしょ」

ところが日によって東京より暑かったりする。杜《もり》の都《みやこ》と言うが、ようはあちこちに木ばかり伸びている土地である。

仙台の家の庭に一本大きな木がある。木皮が脂質のせいか、虫、小鳥が集まる。

数日前、庭の水撒きの折、家人とお手伝いのトモチャンが、木もさぞ暑かろうと、蛇口をいっぱいに開いて、ドーーッとその木の上から水をかけた。するとその木からいっせいに何十匹の蟬が飛び出したという。

「オゥーーッ、こりゃスゴイ」と二人して顔を見合わせ、ヤッタ、ヤッタと歓声を上げた。

よほど感激したのか、二人は室内に戻り、小三十分待機し、頃合いを見計って、忍び足でホースを持ち、蛇口を全開にすると、ドーーッと放水した。するとまた帰って来ていた蟬がヒエーッ（悲鳴を上げたかは知らぬが）といっせいに飛び立った。それを見て、ウォーーッ、スゲエーーと拍手。ドゥーーッ、ヒエーーッ、ウォーッ、スゲエーー。パチパチ。

主人がクソ暑い東京で、濡れタオルを頭に巻いて、こう暑くちゃ、大人の流儀も何もありませんよ、と汗だくで原稿書いているというのに、ドーーッ、ウォーーッである。

「いや、あなた、それはもう感動よ」感動はそういう折に使う日本語ではないのだが。

上京し、昼時、蕎麦屋で腹を足し、常宿へ続く坂道を登ろうとすると、蟬の声がいっせいにした。まさに蟬しぐれである。

その鳴き声で、大半がアブラ蟬とわかる。

ガキの頃、蟬の鳴き声をたよりに蟬捕りで歩き続けた。鳴き声がする木の下に立って樹幹を覗けば、数匹の蟬が簡単に見てとれた。

ところが昼飯帰りの坂道で何十匹はいよう鳴き声のする木の幹、枝を目を凝らして見ても、一匹も見つけられない。人が二人通れるかの細い坂道だから、すれ違う人が、私を、「この人こんな暑い午後に何してるの？　おかしいいんじゃない」という顔をして過ぎる。

「おかしい人じゃないの？　だと、バアロー。蟬ですよ。夏は蟬捕りとカキ氷。冬は雪合戦とヤキイモでしょうが」

懸命に探したが一匹も見つけられない。

――そうか、左目が悪いんだった。

私は左目を左手で塞いで、右目だけで木のあちこちを見てみた。するとすれ違う人が「大丈夫？　この人」という顔で行き過ぎる。

目が悪いということは大変である。

どのくらい大変かと言うと、施術後の目の具合いを診察してもらうために病院へ出かけ、視力検査、眼底検査した後、先生の診察を待った。三十分、五十分過ぎても受付番号を呼ばれない。一時間待ったところで受付に行き、あとどのくらい待つかを訊こうと眼科受付に並ぶと、これが前のオバサンが何かの要領を得られないのか、同じ問答をくり返していた。受付嬢の後方で若い事務員がペチャクチャ笑って話している。この娘たちは受付を手伝わないのか。するとオバサンと問答していた受付嬢が、ねぇ、こちらの人を訊いて。小娘は笑い話の名残りか、笑みを浮かべて「はい何でしょうか？」たぶん暑さのせいだと思うのだが「あとどのくらい……」と言おうとして「何を仕事中にペチャクチャ話しとるんだ。きちんとせんか、バカモノ」と意志とは違う言葉が出ていた。怖いネ、猛暑というのは。

憤然として席に座ると、皆が私の顔を見ていた。「何をジロジロ見とる。バカモノ」とは言わなかったが、皆を睨み返した。私は一度頭に血がのぼると見境いがなくなるらしい。

「もしかして伊集院先生ですか。私、ご本をいつも読まさせていただいております。先生はどこかお悪いんですか？」

「腹が痛くて、眼科に並ぶバカがいますか」

これも言わなかった。私はジィジィには厳しいが、母のせいもあって老婦人にやさしい。

結局、一時間四十五分も待たされてようやく番号を呼ばれた。眼科の診察室は銀座の傾きかけたバーより暗い。

「はい。その後どうですか？　西山さん」

「先生まずあなたが言うべきは〝この暑い折に長い時間お待たせしました〟でしょうが」

と言ったかどうかはここでは書かない。

都内の大学病院はどこも同じようなありさまであることは聞きおよんでいるが、これほどとは思わなかった。来診の患者が可哀相である。小娘に舐められ、挙句、支払いでまた待たせられて、人間に対する扱いではない。

似た者同士

昨日の午後、遅い昼食の帰り道、細い坂道を登って行くと、降るような蟬しぐれが聞こえた。

習性なのか、また大木の下で蟬を探した。

「おっ」

思わず声を上げた。

なんと目の前の幹に一匹のアブラ蟬がいたのだ。とうとう蟬を見つけた。

一分、二分じっと見ているのに微動だにしない。

――昼寝か？　まさか蟬は昼寝はしないだろう。

動かずにいる蟬を見ているうちに、飛ぶ姿を見たくなった。なにしろ仙台では家人とお手伝いさんが何十匹という数の蟬の飛翔と遭遇しているのだ。蟬は少年のものである。

――この距離なら手で捕れるんと違うか？

いや捕れる。捕ろう。捕ってやる。

私はガードレールの上に足を掛け、ゆっくりと木の幹に手を掛けた。その時、足元が滑りはじめた。イカン。飛び降りようとしたがかなわず幹にしがみついた。そうして何とか木の下の草地に着地した。

「大丈夫ですか？」背中で声がした。

運悪く、そこに人が通りがかったらしい。

「あっ、大丈夫です」

振りむくと品の良さそうな老婦人であった。

「どうかなさいました」

「いや、ちょっと蟬を……」

「はい？」

説明しても理解できまい。昼の日中に大の大人が木の幹に抱きついているのだから。

「いや、失敬。ご親切にありがとう」

と口にしているが、内心は、もういいから早く去ってくれんか、だった。

常宿のホテルの中を抜け道にしているパーラーと厨房の間を通ると、「先生、胸元が……」と言われ、見ると、シャツの胸元に黄色のシミがひろがっていた。

幹の樹液か？ と思ったが、どうも違う。

――もしかして、あの蟬の……。まさか。

蟬に小便をかけられることが本当にあるのだろうか。

少年時代、不必要に何匹も蟬を捕ったことへの蟬一族の仕返しか？ まさか。


ここで少し英語のレッスン。

IF YOU GO HOME WITH SOMEBODY,& THEY DON'T HAVE BOOKS, DON'T FUCK THEM――JOHN WATERS――

これはニューヨークにある古い本屋さんで売っていた簡便なバッグに印刷されていた一文である。

訳は簡単、意味は奥深い。

〝もしあなたが誰かの部屋へ行き、彼が一冊の本も持っていなかったら（彼の部屋に一冊の本もなかったらでもイイ)、その人に(ファックとはどう訳せばいいのか)抱かれる? 抱く? のはやめなさい〟

これを私に教えてくれたのは、私の娘である。その本屋で見つけて、キャッ! と笑ったらしい。バッグは買わなかったが、書き写して、ぐうたら作家の父に教えてくれた。

「イイネ」

「そうでしょう」

メモを焼鳥屋のカウンターに置いてくれた。

「いただいていいかね」

「ウィー」

英語の勉強もなさり、フランス語もなさる。

時々、バレエのレッスンにも通う。一度、発表会での彼女のバレエをスマートフォンの映像で見せて貰ったが、悲惨とか、惨状というのはまだ使う機会がある日本語だと、改めて日本語の語彙《ごい》のゆたかさに感心した。

時々、小説の新人賞募集にも挑戦している。

「父(彼女はこう呼ぶ)、一次予選で落ちるってことは、私の小説がハシにもボーにも引っかからないと言うことなんですかね？」

「いや、それは違う。下読みの連中の目が節穴と言う以外考えられません」

「父、やさしいですね」

「文学は、時に慈愛を必要とします」

「なるほど……」

この娘と私には、驚くほど似ている所がいくつかある。その代表が、根気が足りないところだ。二番目はくよくよしないこと。

そして最後の方に、一杯やると妙に気持ちが大きくなる点だ。

さて、蟬の小便の話を結婚前の娘にする父親が、世の中に何人いるのだろうか！

彼女の病室で

ニワトリの卵が小さくなっているそうである。どうして？　と思われようが、この異様とも思われる猛暑のせいらしい。

先日など東京で表へ出た途端、眩暈《めまい》を感じるほどだった。これから夏本番という時にそうだったから、この先どうなるのか、不安になるのは私一人ではあるまい。

二十日ぶりに上京してみたら、この暑さだったので正直驚いた。

上京したのは文学賞（直木賞）の選考会に出席するためだった。コロナ禍以来、リモートの参加が多かったので、ひさしぶりに他の選考委員の顔を見て挨拶するのが礼儀だと思ったからである。よく知人から、どんなふうに作品を選ぶのですか、とか、揉めたりするんですか、と訊かれるが、正直返答のしようがないし、守秘義務があるのも事実である。

「伊集院君、文学賞を選ぶ立場になったら、積極的にやりなさい。それは君が頂いた賞へお礼を返すことになるし、良い作品をどんどん書いてくれて、本屋に皆が足を運んでくれる新人作家を選ぶことも大切なんだよ」

と私に話されたのは黒岩重吾さんだった。

黒岩さんには本当にお世話になった。感謝してもしきれない。

選ばれた作品が二篇とも時代小説だったのは現在の出版事情をあらわす象徴的なもののような気がした。どんなものにも隆盛の時と逆の時があるのは創造物が持つ宿命である。

今、私はこの原稿を手書きで原稿用紙に綴っているが、そういう仕事のやり方をしている作家は珍しい存在になっている。大半はパーソナルコンピューターに打ち込んでいる。そのほうが出版社に送り易いし、文章の修正もしやすい。デジタルでの入稿はやりとりが迅速である。私がそうしないのは、パソコンの出はじめにすでに現役作家であったことがある。パソコンのキーを押して文章を整えるという作業を覚える時間がまったくなかったからである。何百篇の作品をこれまで書いたかは覚えてないが、一篇だけ人差し指でキーを押して仕上げた作品がある。『春のうららの』という短編である。それは前の妻が入院していた時で、インクとかまだよくわからぬものを病室に持ち込むのはやめて下さい、と教授から言われた。前妻の血液の病気がなぜそうなるかを懸命に探っていらしていたので、あらゆる可能性を排除したかったらしい。そうなら従おうとパソコンを持ち込んだ。入院時に「奥さまはいつ亡くなってもおかしくない病気です」と言われたので病室を空けるわけにいかなかった。あの時、覚えれば良かったのだが……。

いなくなってしまえば

馴染みが消えるというのは淋しいものである。それが人であればなおいっそう寂寥感は増すのだろう。

人でなくとも、街なら、店などがそうであろう。

先日、千代田区神保町の一軒の本屋さんが休業した。休業は別に永遠ではなく、ビルを建て直し、再開するそうだ。昨日、自著が足らなくなって買い求めに常宿を出て、駿河台下の坂道を下りて行ったのだが、そこにいつも開いていた本屋が閉まっていた。

——そうか、しばらく休業すると通知が届いていたナ。

そこで別の本屋をめざしたのだが、〝本の街〟として有名なこの界隈には案外と新しい本を販売している本屋が少ないことに気付いた。数軒しかない。

たしかこっちにあったなと、すずらん通りを奥に行った。あった。昔、店長と仲が良かった店だ。しかしどこを探しても、私の本は一冊もなかった。何か書店員が選んだ本が表に置かれているのか、この春に出版した三冊のどれもない。

――こんな本屋だったたっけなあ～。

いや、本屋は競争が激しくて特徴を出さねば生き抜いていけないのだろう。それにしても自分の本がないのは淋しいものである。それでもどこかにないかと探し回ったがなかった。少し腹が立ってくる。

――何だ、スカシタ本ばかり置きやがって！

仕方がないので店員に尋ねると、倉庫のほうにはあるらしい。出版社から送られてきても私の本は店頭には置かないのだろう。

――よくまあこんなにツマラナイ本ばかりを並べてやがるナ（すべてではないが）。

ともかく倉庫にある本を買って送ってもらうことにした。

少年時代、私が暮らした商店街には貸本屋しかなかった。もっと町の中心へ行けば本屋が二軒あったが、新しい本はよほどの時でないと買い与えてもらえなかった。たいがい正月だった。姉たちは本に付いた付録を嬉しそうに開いたりしていた。

本屋に馴染むようになったのは、文章を書くことを生業にしてからである。

上京し、大学の野球部の寮へ、母が文学全集、詩歌集を送ってきた時、先輩たちが勝手に私物の段ボールを開けてチェックした。

「おまえ本当にこのモンガクを読むのか？」

――モンガクじゃなくブンガクですが……。

漱石を読める部員は一人もいなかった。

詩集の一節をなんとはなしに諳《そら》んじると、のちにジャイアンツにドラフト一位で入団した同級生のY山に、「おまえどこか身体が悪いのか？」と本気で訊かれた。

今、日本で書店の数はおそろしく減っているが、失くなることはおそらくあるまい。

八百屋がなくなれば、鍋料理ができなくなるように、本屋がなくなれば、恋愛もどこか淋しいものになるし、人生で何が大切かもわからなくなるだろう。

海外へ取材で出かけることが多かった四十代から五十代の時、訪れた街で必ず本屋を覗いた。

なぜ本屋へ？

本屋に並べてあるものは、その街の文化の程度をあらわしたり、街の人々が何を好んでいるかがわかる。

本屋はやはりヨーロッパの都市が充実している。パリの美術書が多い本屋、アムステルダムの写真集ばかりの書店、ニューヨークの大統領の自伝が並べてあるブックショップ。夕刻、訪れたチャイニーズレストランに昼間会った書店員がいたりすると、思わず笑い合ったりした。

書店員で仲の良い人は数人しかいなかったが、中の一人に美しい女性がいて、私のどうしようもない本を丁寧に売ってくれた。その人の姿が、或る時、店から失せ、ほどなく入院していることがわかり、短い手紙を書いた。退院を待ったが叶わず、彼女は早逝した。今でも彼女のお母さんと連絡を取ることがあるが、やさしく美しい人であったが故に、それ以降は書店員と関わるのをやめた。

梶井基次郎という作家が、丸善という書店の本の上にレモンをひとつ置いて立ち去り、そのレモンがいつか爆《は》ぜてしまうだろうと書いた一文が、文学だと称した時代は、すでに喪失してしまっている。

ニューヨークの書店は恋愛映画の舞台になることがあるが、日本においてはなかなかそうならないのはなぜなのだろう。

本屋大賞という書店員が選ぶ面白い本というのがある。それに選ばれると本が売れるらしい。

私の疑問のひとつに、どうして、それに私の本が選ばれないのだろうか、というのがあるが、編集者に訊くと、「あれは新人が対象ですから、無理でしょう」と言われた。

「私はいつも新人のつもりなんだが」

「そんなに怖い新人作家どこにもいませんよ」

「…………」

当たり前のこと

広島、原爆ドームの前で並んだＧ７の首脳の写真を新聞で見て、妙なことに気付いた。皆が皆、同じようなスーツを着て、しかも彼等の体型が女性以外、揃いも揃って、同じだったからである。

アメリカ、イギリス、イタリア、フランス、カナダ、ドイツ……、顔を知っていなければ誰が誰だかわからなかっただろう。

少なくとも世界の西側の大国の代表である。

これが二分の一世紀前ならどうだろう？

イギリスではチャーチル、フランスにはドゴール。アメリカならアイゼンハワーがいた。

——何を言いたいか？

各国の首脳も類型化しているということである。健康第一、つまり管理された生活の中で政治家も生きるようになったということである。

個性が失せたと言えば、それまでのことだが、政治、国家の代表からしてそうなら、若者はもっと似通ったカタチになっているのだろう。これでは考えることも、行動も同じようなものになって当たり前である。

先週、週刊誌で連載している、悩み相談のコーナーに、新入社員が八時間経つと、彼の仕事が終わってもいないのに、帰らせてもらうと言って、帰宅したという相談が来た。当然上司は、「君、仕事がきちんと区切りになるまでやらなきゃ」と注意したにもかかわらず、彼は平然と「仕事は一日八時間、それ以上やる必要もないし、それが当然でしょう」と言ってのけた。

私の答えは、「すぐに退職させなさい。そうでなきゃ、その新入社員の身体の中にいるデタラメ菌が他のきちんと仕事をしている社員に感染して、会社はすぐに倒産してしまいますよ」だった。

私は若者は嫌いではないが、こんなふうに身勝手な判断しかできない人間は、若者にかかわらず、職場、社会から出て行かせるべきだと思っている。

甘やかすことは、私たちのこれまでの生き方を否定することになる。同時に、今の社会も崩すことになる。若い人への期待はあるが、ダメなら徹底的に鍛えるべきだし、正しいことと正しくないことは、はっきり覚えさせるべきである。

たしかに若い人が頑張らなくては、国の未来像も描けないし、実際、亡国のおそれもあるのは事実である。

若者が類型化しないためには、彼等の個性を引き出してやるか、引き出して来るのを見つけてやらねばならない。そのためには辛抱もいるし、逆上もするだろう。〝鉄は熱いうちに打て〟と言う教訓は真実なのである。一歩遅れれば、若者は、これで世間に通用すると思ってしまう。間違えてしまう。顔を引《ひ》っ叩《ぱた》けとか、罰則を厳しくしろとは言わない。当たり前のことを教えておくべきだ、と言っているだけの話である。

まだまだ修行が足りへんナ

足元が冷たいので目覚めた。

時計を見ると、朝の四時前である。昨夜少し早目に横になったからだろう。

庭に出ると星が美しい。北国の星は、私が生まれ育った西国のそれより深みがある。宮沢賢治が夜空に、駆け巡る汽車を発想したのもうなずける。木槿《むくげ》の木に花はない。夏が終ったというより、もう秋が忍び寄り、冬の気配が迫っているのだろう。

トモさんこと長友啓典さんを偲ぶ会のスタッフで労をねぎらう夕食を摂った。ひさしぶりに六本木のY太呂で一杯やった。主人のお孫さん、若主人の倅《せがれ》が、学校へ通うようになり、ラグビーをはじめたらしい。トモさんはそのラガー少年の名付け親である。

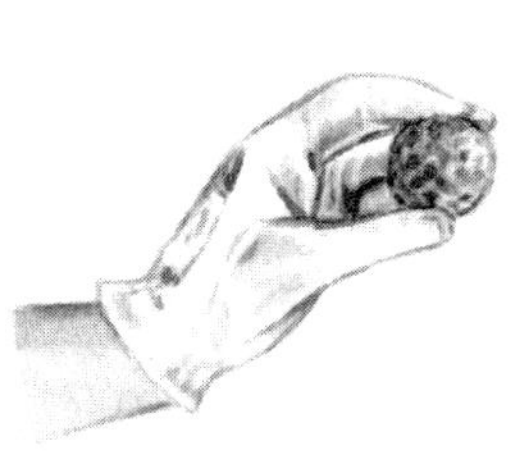

カウンター越しに、秋の花が数種あった。この店の花と花器は実に風情がある。都会では

花も金がかかる。鎌倉の家の庭から持って来る花もあるらしい。

夕食の会から数日後、Kさんを励ます会でカメラマンのM君とデザイナーのYさんと半日、戸塚でゴルフをした。

トモさんの最後の数年を一番多く過ごしたKさんを元気づけようとなり、半年目の命日の翌日、フェアウェーを皆して歩いた。

数年前、初めてKさんをゴルフ場で紹介され、彼のトモさんへの信奉振りに驚き、

「トモさん、ありゃええタニマチやな」

と言うと、あの独特な仕草で笑った。

信奉と書いたが、ほとんど奉公である。三十年以上トモさんとつき合って、面白いこと、感心すること、奇妙なことは数知れずあったが、その中のひとつに何年に一度、トモさんに惚れまくる人物があらわれた。ともかくトモさんと一緒にいたい男たちである。見ていてつくすなんてもんじゃない。普通、他人にそうされると大人の男は、いつか相手に身体を提供せねばならぬとか、犯されてもしかたないと考えるものだが、トモさんは平然としており、昼はゴルフクラブ、夜は銀座のクラブ……と接待を受け、相手に、今日は一日楽しゅうございましたか、と尋ねられれば、まだまだ修行が足らへんで、くらい言ってそうな関係なので

ある。トモさんの魅力を知る人なら、そうしたい男ごころもわからぬでもないが、私は彼等、贔屓筋《ひいきすじ》、タニマチとの姿を半分呆きれ顔で見ていた。おそらくタニマチには至福の時間であったに違いない。

昼のゴルフが終り、Kさんがトモさんと通った銀座の小料理屋、O羽へ皆して行った。

Kさんに気遣い、ええ人やったネ、と言うと突然、Kが（さんを取ります）号泣した。他の客もいたのだが、両手で顔を覆い、ワンワンと泣き出した。私も驚いたが、連れの二人も、店の女将も目を見開いてKと私を見た。

遊び場で、私の隣りの男が泣き出すと、私は必ず疑われ、泣く男に、殴られたの？　と皆が決めつけるのが大半である。

すぐにトモさんを思って泣いているのがわかったらしく、皆そっとしておいた。

泣きやまない。他の客もあきらかに気遣っていた。それにしても大の大人の男がよくこれだけ人前で声を上げて泣けるものである。私は少しずつ呆きれはじめた。

泣くだけ泣いたのでスッキリしたと思っていたら、次に立ち寄った店のカウンターでまた泣きはじめた。ホステスたちが私を白い目で見ている。迷惑と言えば迷惑ではあるが、羨しいと思わなくもない。トモさんもさぞ喜んでいるのだろう。

そう言えば、トモさんが喜々とすると、その蔭で必ず迷惑をかけられる人がいた（私は生まれて初めて着た白いスーツに機内で赤ワインを零《こぼ》された）。

その夜、一緒だったデザイナーのYさんは、一緒に出場したメンバークラブの月例コンペのショートホールで、トモさんが八発連続OBを出し、すでにボールがなかったトモさんにYさんの最後のボールを差し出すと「なんや、この汚いボールは」と言われたそうだ。Yさんは詰まった後続組のメンバーに頭を下げ、自分のゴルフは滅茶苦茶《めちゃくちゃ》になった。

後日、あのケースで汚いボールはないいんじゃないですか、と言うと「Y君、あんたまだ修行が足りへんナ」と言ったとか。

第三章
それでも前へ進む

こころのこもった手紙

丁寧で、こころのこもった手紙をいただいた。何より自筆の文字に味があった。人の手紙のことは、大人の男の礼儀としてはあまり、その内容を書くものではないが、この手紙は、私としてはとても嬉しかった。

だから少し紹介する。

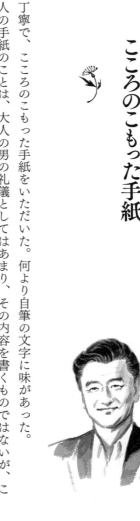

この人の奥様からも、一年余り前、やはり自筆の手紙を頂き、その文字の美しさと丁寧さに舌を巻いたことがあった。

奥様がご主人と皆で東北、宮城へライブに見え、ファンであった家内が楽屋に何か差し入れを届けたお礼と、その少し前に新しいアルバムのプロモーションのひとつとして私が持つ週刊誌の悩み相談の欄でご主人の悩みに回答した縁があった（複雑な縁で失礼）。そんなことのお礼の手紙を読んで、なぜ、舌を巻いたと書いたかと言うと、こんな正確で正しい日本語を読んだのは初めてだったからである。そうして次がご主人の手紙で、こちらも丁寧この上なく、しかも味わいがあった。

誰のことやら読者もわからぬと思うので、その御夫婦は桑田佳祐さんと奥様の原由子さんである。

ご主人の手紙は情緒があった。文章で情緒が伝わるというのは、あるようで、なかなかない。あれだけの名曲、名詞を書いていらっしゃるのだから、情緒などお手のものと思われようが、それは違う。受け取った人のこころに届く手紙はそうそう書けるものではない。

では情緒のない手紙と、それがある手紙の差異はどこにあるか？

それは当人の人間性の差異である。手紙を読んでいて、この人の楽曲がなぜ多くの人々に支持され、歌い継がれるのか、その理由がわかる気がした。

私は桑田さんと逢ったこともなければ、話をしたこともない。

一度、少し遠くから姿を見たことがあった。

四十数年前である。場所はビクターレコードの本社の何階かにある部屋で、その年、レコード会社でヒットした楽曲の表彰式があり、歌手、作曲家、作詞家がトロフィーを頂く。

〝ヒット表彰式〟とでも言うのだろう。

その年の大ヒットは〝勝手にシンドバッド〟。サザンオールスターズの面々が、ともかくメンバー全員がまぶしいほどかがやいていた。表彰される人の大半は先生と呼ばれる作曲家、作詞家、編曲家で、ドンと座っているのだが、サザンは遠足にやって来た子供たちみたいなイメージがあり、その中で紅一点、奥様がやさしそうに笑っていらしたのを覚えている。

私がなぜ、そこに？

あのね、私は作詞家でもあったんですナ。〝ギンギラギンにさりげなく〟〝愚か者〟とかネ。

――なんだマッチの専属ですか。

君、失礼だナ。桑田さんと一緒の表彰式はピンク・レディーの〝愛・GIRI GIRI〟だったはずだ。

ゴルフ場でキャディーさんに、

「先生のボールはこちらで～す」

なんて呼ばれたりするのだが、時々、素直なキャディーさんに、「さっきから皆が先生、先生ってお呼びになってますが、先生って、何の先生なんですか?」と聞かれる。

「うん、イイ質問だね。君たちの中学の現代国語の教科書に先生の小説と写真が載ってますから」

「あっ、丸坊主で横むいたヤツでしょう」

「それ正岡子規」

「じゃヒゲ生やしたのか?」

「それ夏目漱石」

「……う〜んわかんないナ。勉強好きじゃなかったし」

「あのネ、先生。ギンギラギン作ったんだよ」

「え! ウッソー。ホント? ウソでしょー」

いったい世の中どうなってるんだ。ウッソーって、今までのわしがウソなのか?

人は人を呼ぶと言うが、桑田さんの手紙が届いた日、ひょっこり常宿に元ヤンキース(今もヤンキースのアドバイザーか)の松井秀喜さんがあらわれた。

「何? 約束してたかな? あっしてたナ」

長嶋監督に逢ってすぐに見えたので、監督さんが元気と聞いて嬉しかった。

人は人を呼ぶの意味は、松井君がサザンオールスターズの大ファンであるからだ。

「へぇ〜、サザン好きなんだ？　センスあるんだネ」

「はい。私、石川県のシティーボーイですから」

——あの辺りにシティーあったっけ？　弁慶しかおらんはずだが。

桑田さんが新しくリリースされる曲の中に私がかつて書いた〝なぎさホテル〟という小説のタイトルが少し登場するので、その断りの手紙でもあった。律儀な方だ。

家内はいち早くサンプルを聞いて「イイ曲ね。今回はどっさりボーリング球に似たお菓子（萩の月）を届けなくちゃ」。

何やらお礼ばかり書いちゃったナ。

違う道を歩いてみよう

台風十一号が沖縄の近辺をウロウロしていた早朝、茨城の取手まで出かけた。大学の野球部の同級生とのゴルフ会である。

年に一度だけの会だが、ゴルフをプレーするというより、皆の姿を見て、談笑するほうが目的の会である。

大学卒業後、プロ野球へ入団した者、社会人野球に入り、その後、社会人野球の指導者になった者、野球とは離れ、一流企業で副社長まで務めた者、企業を勤め終え、悠々と過ごす者……、皆がともにプレーしていたのはすでに五十年も前のことである。

大学までプレーしていただけあって、皆それなりに体力はあるが、やはり七十歳を過ぎると、身体のどこかはぎくしゃくし始め、入院した者は半分を超える。

それでも顔を見ていると、ユニホーム姿でグラウンドを走っていたり、白球を追いかけていた若い日々があらわれて来るのは、人間の記憶の強さなのだろう。

皆でひとつの寮で過ごしていた仲だけに、口数は少なくとも通じ合うものが多い。

私は彼らとは立場が少し違う。腕を故障し、二年生の終わりに寮を出た。事情を話せば、故郷の父親から許された滞京の時間は四年だった。残る二年で自分の将来の進路を見つけ出さねばならなかった。

すぐに帰省すると思っていた父は怒り出し、仕送りを止めた。

平気だった。アルバイトをしながら、生活し、学費も出し、東京で暮らした。都内を転々とし、アルバイトも賃金の多いほうに変わり、いつしか一風変わった、危険なバイトになった。最後は横浜で沖仲仕をやり、夜は夜でバーテンダーや、用心棒までやった。

住居もなく、半分カンヅメ部屋のような所で眠り、月に一度、溜った金を渋谷の銀行に預けに行った。このままじゃどうにもならない、と海外へ移り住んで、将来のことを験《けん》そうと思っていた。

「それにしても、動いてるボールを打ってたんだから、静止したボールを打つゴルフは何ということはないと思っていたが、こうやってみると何とも手強いもんだナ」

プロで十勝以上したY山がそばで笑う。

同感だった。

私の場合、厄介な病いで街場で倒れ、緊急入院で九死に一生を得たから、長い入院生活で足腰が弱り、悪いことに黄斑変性症で左目をやられ、打ったボールが見えなかった。

それでは同伴者に迷惑をかけてしまうと、ゴルフは避けていた。今日のゴルフとて三ヵ月ぶりで、最後まで歩けるかどうか心配だった。それでも必死で踏ん張ってみた。

最終ホールに着いた時、何とかやり切れるかもしれんと踏ん張った。珍しくど真ん中に打てた気がしたボールをキャディーが見失った（勿論、私には最初から見えていないが）。ようやく見つかり、最終パットを打ち終えて、シャワーを浴びると、奇妙な達成感があった。

――こうしてひとつひとつ乗り越えていくしかあるまい……。

たかがゴルフに、そう思わねばならぬ自分が恥ずかしい。

そう考える基本は、誰も皆同じやり方でのぼり坂を越えているのが人のはずだ、と奇妙な確信を持っているからである。

やって来たものをやって行くのが今後の仕事と思っていたが、最近、少しずつ新しいことにも挑みたいものだと思う時があった。

何をするかは具体的には書けぬが、書くことしかできないのだから、そこから派生するものでしかない。

この日、なんとかゴルフがやり切れたように、次は少しばかり風景が違う道を歩いてみようかと思う。

――欲張りな奴め！

そうではない。新しい自分がどこかにいるような気がするからだ。

台風十一号は、温帯低気圧に変わり、新しい十二号が発生するという。

大学の野球部の大先輩である長嶋茂雄さんが入院され、無事であったことをニュースで知り、安堵した。

今日の日本のプロ野球を作る原動力で、日本人全員の活力の源であった人だ。

〝燃える男〟とはよく表現したものである。

炎の火があんなにまぶしい日本人は他に誰もいない。再び笑って歩く姿を見たいものだ。

それでも進むしかない

この数日、お茶の水の常宿にしていたホテルの片付けをした。いざやってみると十五年以上滞在していたホテルだからいろんなものが出て来た。

一番多かったのは本だが、これは左目の視力が数年前に悪くなって、どんどん処分していた。そのせいか最後は歳時記とか辞書であったが、これも何とか片付けた。

私は男にしては綺麗好きらしい。その理由は大学の野球部の寮で鍛えられたからだ。

六畳一間に大の若者が二人で寝起きし、掃除のチェックが厳しかった。掃除のチェックを年長の同居者がする。雑巾は掛けたつもりだったが、指先で拭かれ、ゴミのチリが付いていると、「何だこれは?」と訊かれ、カラ拭きを覚えた。野球を退めてからは住まいを転々とした。いつの頃か掃除、食事が面倒でホテルに暮らすことを覚えた。最初は、湘南のちいさ

なホテルで八年暮らした。直後に結婚し若かった妻が病いになり、二百日余りで亡くなり、その辺りから再びホテルを転々とした。

最後のホテルはお茶の水で作家が長逗留するホテルで、いつの間にか十五年余りが過ぎた。

いよいよホテルを出るので、昼飯に世話になっているパスタ店へ行った。そうしたら金を一銭も持たずに出かけたのに気付いた。知り合いの従業員もいないし、あせった。口数の少ないマスターに思い切って、すぐ近くだから金を取りに行きたいと言うと、「時々見えて下さっているので大丈夫です」とやさしく言われ、胸を撫で下ろした。

北野武監督の顔をひさしぶりにテレビで見た。夫人の手を引いて嬉しそうだった。

監督が運動不足にならぬようにと、時折、北野夫婦とゴルフに出かけるのが私の役目だったが、黄斑変性症で、左目の視力がゼロになり、ゴルフのボールを判別できなくなった。月に一度出かけていた若い編集者を集めたコンペもずっと最下位で、何度も、もうゴルフはやめにしよう、と思っていたが、先日、何の拍子か十アンダーで優勝し、やっとゴルフコースで笑った。しかしほとんどのパットがお目こぼしだったので、ここらがやめ時だろうと思っている。

それにしても私はいろんな人から大切にしてもらえる。これが不思議だ。

このホテルに居たことで、夏目漱石の小説が非常に書き易かった。近くに漱石が住んでいた下宿があった。恋に陥ちた眼科の待合室は今はビルになっているが残ってるし、漱石と親友の正岡子規が二人で出かけた鰻屋もあるし、鮟鱇鍋屋もそう遠くない。

私としては、毎日がギリギリなのだが、昔の私を知ってる人は「さあドーンと飲んでみせてよ」と平然とおっしゃる。人を殺す気か？　この野郎！

それでも進むしかないのだから、人生は難物の前で黙しているしかないのだろう。

大人の仕事

コロナの感染がひろがったことで、日本の経済は大きな痛手を受けたが、感染して治療せねばならなかった人々も大変だったろうし、亡くなった人と家族はさらに深刻だったろう。

あまり注目されないが、子供、老人への影響は想像以上のものであった。

特に子供は感染初期には学校が閉鎖され、ここ五十年余りの子供たちが体験しなかった暮らしをせねばならなかった。集団で学び、集団で動くのが日本の学校教育だから、そのために学校の主な行事はすべて休まざるをえなくなり、淋しい思いもしたろう。学校から親から命じられた感染対策に皆が皆、素直に従ったとは思えない。

運動会も学芸会も、遠足も修学旅行もすべて中止なのだから、可哀相であった。

これから何十年か経つと、〝コロナを体験した世代〟という呼ばれ方をするのだろう。

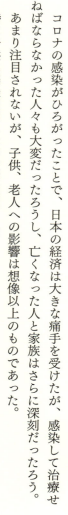

ただ私は、その子供たちが可哀相だと思うと同時に、その子供たちが大人になった時、感染症を経験しなかった世代より、強い大人になるのではないかと思う。

今、こう書くのは少し無責任だが、強い大人になっている確信があるのだ。

奇妙なものだが、耐えることを身をもって覚えた人たちは、やはり違った何かを得ることになるのである。

先日、就職活動のことで企業の上層部にいる人たちと話すことがあった。

「リモートでの採用はどうなんでしょうか」

「やはりマイナスはあるでしょうね」

「やはりそうですか？」

「そんな気がします。たぶんリモートで採用した社員がすでに二年目、三年目に入っているのでしょうが、半分近くが能力を発揮できていないでしょうし、採用前の期待値は望めないでしょう」

「やはり直接面接しないとダメですかね？」

「私はそう思います。新しい採用は会社の将来がかかっていますからね。リモートでの受けがよかった学生は、どこか世の中をナメているというか、入社の喜びも、こんなもんか、と思っているでしょう」

　先日、或る会社でこういうことがあったそうだ。職種は言わないが、ともかく期日までに仕事を仕上げることが大切な仕事で、どうしても月曜日までに仕上げねばならない仕事が残ってしまった。ファイトマンの課長が新入社員を呼んで、「この仕事は大切だから、週末、出社して俺とおまえで仕上げよう」と言うと、新入社員がこう答えたという。

「課長、私、この会社に入社する際、週末の日まで働かねばならないと言われませんでしたが……」

　ごく当たり前の顔をして新人は曰《のたも》うた。

「バカヤロー、そんな約束を人事部がするわけないだろう。いいから週末出てこい」

　ところが新入社員、その話を人事部に持ち込んだ。

　結果どうなったか？　パワハラで三ヵ月後に課長が飛ばされた。こんな話があちこちであるのが今の日本らしい。

　課長を異動させたのは、今のご時世であり、会社はパワハラに必要以上に敏感になっているし、会社のイメージがすこぶる悪くなると考えて、怒鳴ったり、諌めたほうがイケナイとなる。怒鳴り方、諌め方もあろうが、私は基本、新人は叱るべきだと思っている。

社会と学校の何が違うかを理解できない若者はいくら能力があっても、将来、会社を助ける人間にはなれない。

人事に物申し、上司が不幸な目に遭っても平然とその会社で仕事を続けられる若者は、言っちゃあ悪いが、会社にも、この国にも必要のない人間なのである。そういう輩が出世した会社は必ず傾く。

若いということは、自分の行動で起きた波風の大きさを計ることができないし、その波風で自分の知らぬところで不幸や惨状があったことを想像もできない。

大人になるには自分の行動がいかなるものかを知る知力がなくてはならないのである。

週末に出てこいと言ったのは、これまで皆がそうしてきたからで、結果、仕事は無事進行した。進行したことが大切なのである。

企業の仕事の大半は、無事進んで行くことが現場にとって最優先なのである。

「週末に出社しろ」は、たしかに〝理不尽〟な言葉に聞こえるが、この理不尽が、世界中の経済を支えてきたのである。

大きな企業が企業として成り立っているのは、ひとつの大きな歯車が回転しているようなものである。その歯車の軸は確かに大きいが、同時にいつもピカピカの新品の軸とは限らぬ。軋むような音もするだろうし、時にはイヤな音も立てる。

〝週末出てこい、一緒にやろう〟はそのイヤな音だと思えばイイ。

順調に進む仕事はどこにもない。その理不尽を知ることが、大人の仕事を身につけるひとつの方法ではある。

文句があるなら、そのやり方で生きてみなさい。

目に見えぬ強靱さ

イタリア・ローマにあるバチカン市国を訪れた。参拝者の数にまず驚いた。なにしろキリスト教の総本山なのだから、世界中からの信者が跡を絶たない。毎日一万人以上の人がやって来る（一年間で六百万人を越えるらしい）。

私はバチカンの中にある美術館の作品と礼拝堂の天井画、壁画を鑑賞するために訪れたのだが、参拝者の中には、目的のサン・ピエトロ寺院での祈りと、美術鑑賞もする人がいて、何千人もの人が美術館、礼拝堂へ向かって進む。私の美術館でのお目当ては、レオナルド・ダ・ヴィンチの『聖ヒエロニムス』だった。他にも多くの作品はあるが、私の美術鑑賞は一日に数点である。ダ・ヴィンチの作品は未完成のものだ。未完成の作品に、わざわざ人が押し寄せるのだから、この天才画家には何かあるのだろう。

もうひとつのお目当ては、システィーナ礼拝堂の天井画、壁画で、こちらはミケランジェロの作である。

美術館はまだ人の流れが順調だったが、礼拝堂へは驚くほどの人が押し寄せていた。長い廊下が狭くなったり、扉があったり、時折、壁面に何か由緒があって、狭い所で止まり、扉で止まり、由緒で動かなくなる。しかも目的の礼拝堂は遥か遠い……。

しかも今年の南イタリアは猛暑であった。冷房などない。窓のある所へ来ると、前を行く人に光が差して熱気が湯気になっている。長い蒸し風呂の中を歩いているようだった。しかし信者はイエス様の苦難に比べたら、こんなものは……、と思っているのだろうか。よくはわからぬが、宗教で結びついているものには目に見えぬ強靭さがある。

ようやく礼拝堂に着くと、そこもえらい人の数で、まるでゴッタ煮の中に人間の具が浮かんで天井を見上げているように映る。ローマ時代の浴場の方がまだましだったのではないか。

前後左右から声が聞こえる。イタリア語、フランス語、スペイン語、英語……、その声が、暑うてかなわんナ、と聞こえる。

天井からはスピーカーを通して、静かにしなさい。静かにしましょう。静まれ（ここは礼拝堂だぞ）……と、これまた各国の言葉で静寂を求めるが、アジアの言葉はない。

天井画は、天地創造をテーマにした旧約聖書の絵柄がフレスコ画法で描かれてある。天井の中心に神がアダムに生命を吹き込むシーンがある。〝神は自らの身体と同様に人をお作りになった〟。

――そうか、カソリック信者の、私の家人の身体は神が作られたのか。

それにしてもルネッサンスの画家たちは五百余年前によくこれだけの作品を完成させたものである。視線を天井から祭壇のある壁に移すと、そこに大きな壁画がある。同じミケランジェロ作の『最後の審判』である。

絵の中心に、右手を挙げるイエスの姿、隣りにマリア、聖人や天使、そして天国か、地獄かを宣告される人々……四百余りの群像を描いた壁画は驚くほど迫力がある。イエスの下方には地獄へ堕される人が叫び、苦悶の表情を浮かべている。さらに壁画の下に、暑くて倒れそうな見物人の顔が何百とある。

――もしかして、私たちは今、とんでもない所にいるんじゃないか？

宗教というものは、時折、残酷な表情を見せるものである。

審判を下すということは見方によっては荒っぽいものだが、イタリア人の自動車の運転はもっと荒っぽかった。

アクセルを踏みっ放しである。

減速とか、頃合いのイイ速度のドライブとは無縁の、バカに刃物、イタリア人にアクセルという感じだ。後の乗客が左右に揺れようが、上下に跳ねようが気にしない。そりゃそうだ。アクセル踏みっ放しなのだから、バックミラーを見る必要がない。

運転している男を見る限り、イタリア人に思慮とか、情緒があるのかと思ってしまう。その上、舌を巻き上げるような発音でまくし立てるイタリア語は言語として正常なのだろうか。

取材が終わるまで、あと十数日あるが、私は正常な人間として無事に日本に戻れるのだろうか。

思わず息を止めた

イタリア旅行の後半で印象に残ったのは、ミラノで鑑賞したレオナルド・ダ・ヴィンチの『最後の晩餐』だった。

ミラノのサンタ・マリア・デッレ・グラッツィエ教会にある。

前にミラノを訪れた時、この作品を鑑賞したいと申し出た私は、現地のコーディネーターから、今は修復中で組んだ足場越しに一部分が見えるだけですよ、と言われ断念したのを覚えている。

それが今回は修復を終え、ほぼ当時の色彩、画質と同じであろうと言われる状態で、鑑賞することができた。運が良かったのである。

海外で美術を鑑賞する時、事前に、その作品を今見られるかどうかを確認しておかなくて

はならない。そうでなければ、その作品が海外の展覧会へ出ていたり、修復中であったりして、白い壁だけを見なくてはならぬことはしばしば起こることだ。

ダ・ヴィンチの『最後の晩餐』は二十世紀に入り、〃世界でもっとも可哀相な名作〃と呼ばれた。と言うのは第2次世界大戦で連合軍の空爆により、教会がドームもろとも吹っ飛んでしまったのだ。ところが修道院の食堂の壁に描いてあったこの作品は、奇蹟的に壁が崩れずに残った。この時の惨状を撮った有名な写真を見ると、本当によくこの壁だけが残ったものだと驚く。雨水から守るために防水布がかけられていて、その隙間から作品の一部が見えていた。

大戦が終り、四年をかけて（1951〜1954）修復が行なわれたが、この時の修復責任者は壁画の洗浄と、これ以上の劣化を避ける処理にとどめた。

その理由は、すでにこの名作の上に後世の者が違う画材を使って上塗りをしていたことがわかったからである。この修復責任者の偉いところは、今の自分たちの技術では、真のダ・ヴィンチの色彩は再現できないと判断し、将来登場するかもしれない技術の手に委ねたことである。二十四年後の1978年、修復プロジェクトチームが壁画の再現に挑み、二十一年の歳月をかけて再現に成功する。

お蔭で、今回、私が鑑賞することができた『最後の晩餐』は展示してある教会の部屋に入った瞬間、思わず息を止めてしまうほどの感動があった。

それは同時に、そこへ入った二十人の外国人の反応も同じだった。皆が一瞬、動きを止め、立ちつくしてしまう気配がした。

ローマ・バチカン市国にあるシスティーナ礼拝堂の、あの喧噪と違っていた。と言うのは、一度に二十人前後の鑑賞者しか、そこに入ることができないシステムになっていたからだ（当然、事前に鑑賞の申し込みをして鑑賞の時間が決定する）。

これは良い方法である。以前、ロンドンのナショナルギャラリーでレオナルド・ダ・ヴィンチの展覧会があり、おそらく今後、これだけの数のダ・ヴィンチ作品を一堂に鑑賞できる機会はないと言われた展覧会だった。その評判にたちまちチケットは一年前に売り切れた。ただ当日券が何枚か発行されるというので、私はロンドンへ行き、雨の中を早朝から美術館の前に並んで、その日の夜八時から鑑賞できるチケットを手に入れることができた。この鑑賞法は、夜の八時から十時までに二百人近い人が入場できるやり方で、ゆっくりと鑑賞できた。

日本ではまだ、人気の展覧会で二時間、三時間を炎天下や雨の中で客を平気で並ばせる。

その待ち時間が人気のバロメーターになっているのだから、展覧会の考え方が基本的に間違っているのである。

私は何もかもが海外でのやり方が良いとはちっとも思わない。日本の昔からのやり方ですぐれたものはたくさんある。ただ美術鑑賞に関しては、汗だくで並んで、ブルブルと震えながらようやく入館して、見えたのは人の頭と絵画の一部だったのでは、時間のムダ以外のなにものでもない。

今回、海外取材をして、荷物、身体検査などのチェックの厳しさと、それに時間を費やさねば旅行が続けられないことが分かった。勿論、相次ぐテロへの警戒である。

よく無事に帰国できたと思うのが実感である。いや何が起こっても仕方がないと考えるのが、今の海外の旅であろう。

やさしい人

週明け、N君が常宿に迎えに来て、東京駅から新幹線で静岡にむかった。

「二人しての取材旅行はひさしぶりだね」

「ええ、三十七年振りです」

――もうそんなになるのか……。

N君は、私の最初の担当編集者だ。昔は二人して全国五十一場あった競輪場を巡り、街の昼と夜の表情を文章にした。

『夢は枯野を――競輪躁鬱《そううつ》旅行』なる一冊の本にした。今は競輪ファンのバイブルとなっているらしい。

その旅に作家の色川武大《いろかわたけひろ》さんこと、ギャンブルの神様、阿佐田哲也さんが同行したことも

あった。

「あっ富士山が今日もよく見えるね」

するとN君が言った。

「富士山、色川先生……」

私たちは顔を見合わせて笑った。

色川さんは三角形、三角錐の形状が苦手で、それを目にすると怖くてしかたない表情になった。だから新幹線の座席に座り富士山が姿を見せるとずっとうつむいたままだった。

「伊集院君、もう見えなくなったかい？」

「まだ堂々としてますな。あと三十分」

ギャンブル（たとえば麻雀）の修羅場に身を置いていても平然としている人が、車窓に映る富士山が怖くて身をかがめているのだから、私とN君は驚き、苦笑した。

ナルコレプシー症なる、ところかまわず突然眠むってしまう病気があった。見ていて可哀相に思えた。本当にやさしい人だった。

駅前ホテルに荷物を置き、東海道線で由比へ行き、車で薩埵《さった》峠の方角へ登り、目指す滝の入口まで行くと、〝山崩れで入山禁止〟の札があった。N君が腕組みして言った。

「いきなりコケマシタネ」

「そうですね。明日、富士宮の方へ行って白糸の滝を見ましょう。取り敢えず由比漁港へ行きましょう。サクラエビの漁港です」

この季節、サクラエビ漁は最盛期である。船は夕刻、港を出る。出港の賑わいを見てみたかった。タクシーの運転手が言った。

「今日は出港しねえみたいだ」

それでも漁船をゆっくり観察できた。機能的にこしらえてある。サクラエビは初夏と秋に漁をする。あとはシラスである。漁師の顔を見たかったがしかたない。漁港から旧東海道を車で走った。狭い道である。幕末、山岡鉄舟を匿《かくま》った望嶽亭を見て、薩埵峠の入口で引き返した。道幅が狭く登れないと言う。

――東海道五十三次を描いた広重は、あの道を一人で登ったのか……。驚きである。

大きな缶詰工場がふたつ。その缶詰会社の人を新富士駅に迎いに行きたいので、そろそろ帰ってもいいだか？　と運転手が申し訳なさそうに言った。ああイイヨ、と二人で駅へ行き、在来線で静岡へ。中学、高校生がたくさん乗っている。

私の仕事場の棚に、ヤンキースのコーチをしている松井秀喜氏の高校時代に電車に乗っている写真がある。坊主頭でニキビ面のあどけない顔の高校生が窓の外を眺めている。どこの地方の在来線でも見かける若者の姿だ。

私は、時折、この写真を眺める。若い時は誰も皆同じ出発点にいて、夢を抱いているが、夢をかなえるために懸命に生きれば、その夢がかなうのだと信じることができる写真だ。

その隣りに北野武さんとの対談の写真があり、その隣りに色川武大さんと並んだ一枚。私はつくづく人との出逢いに恵まれた。

夜は、N鮨で、夕刻入静したN部長も交えて食事。遅くにS編集長も合流。N君は最終便で帰京。最後の店のカウンターに居た女の子が、昼間、私の本を買ったばかりと見せられてビックリ。こんなことがあるんだ。

「大学生のアルバイト?」「はい」

私は嬉しくなって少し飲み過ぎた。見送ってもらった時、「私、四十二歳で二人の娘が居ます」と笑って言われた。驚きながら手を握り、やはりメガネを変えなくてはと思った。

翌日は一日中雨で、部屋で仕事。夜は呉服町の〝辻〟なる店。いやなかなかで驚く。

三日目、S編集長と富士宮へ。身延線に初めて乗った。担当編集だったT君がこの線に乗って通学していた。

白糸の滝。音止の滝。ただの滝だったので驚く。編集長とは新富士駅で別れる。

さて明日からは一人だ。ラクチンだが、この文章を読み返してみると、五回も驚いている。残りの三日。あと何回、驚くのだろうか。

そうは問屋がおろさない

その日、朝早くから都内の銀行を数ヵ所回った。

――ホウーッ、預金でもおろしに行かれた？

まさか、そんなカネがあるはずがない。だから銀行とは無縁の生き方をして来たが、銀行へ直接行き、やらねばならぬことがあった。

私は四十歳代の後半から六十歳に至るまで海外に出かけて取材、見分をする生活が続いた。長い時は三ヵ月以上海外をうろうろしていた。その間、現金が必要になり、海外の銀行で現金を得ることもあった。そういう時のために海外でＡＴＭを使えるように、新しい銀行口座も用意した。

当時、〝ＣＩＴＩＢＡＮＫ〟と呼んでいたが、今はまったく違う日本の信託銀行の中に入

っている。その口座を解約するために出かけた。二十年近く使っていない口座だから、残金などあろうはずがないのだが、少しは残っていた。これを私のオフィスの口座へ移す。

――それを伊集院さんが直接手続きを？

まさか、私の娘が手伝ってくれた（手伝うというよりほとんどを彼女がテキパキとやってくれた。ただし口座名義人である私が立ち会わねば、口座を解約することができなかった）。私は娘に呼ばれて、「はい、私が本人です」と言うだけである。

そう言えば先月、山口の生家で母の世話をしてくれている妹から連絡があった。私名義の定期預金の証書が見つかり、当人しか引き下ろせないので、山口県の銀行の東京支店へ行き、手続きをして欲しいという。

――ホウッ、余生は遊んで暮らせるか？

ところが、そうは問屋がおろさない。

働け！　働け！　伊集院。

その折、面白いことに全国各地にある地方銀行の東京支店は、大半が日本橋にあることがわかった（そんなことわかってもしょうがないのだけど）。その理由は日本銀行があるからであるらしい。日本銀行は各銀行の中で一番偉いのだろう（それがどうしたってことだが）。

私は長く銀行という組織を嫌っていた。今はさほどでもないが、嫌った理由は、郷里に両親の住む家を、父から建てろと言われ、まだ四十歳を越えたばかりの私は銀行に建築費とその他のことでカネを借りに行った。父は地下工事を丹念にし、当時まだ珍しかった鉄筋の三階建ての家をこしらえた。

貯金などなく、借入れの担保は、そこの土地で何とか交渉した。すべての書類が整い、さあカネを借りようとしたら、

「すみません、生命保険に入って下さい」

「何のために？」

「返済の保証のためです」

「保証に私の命を出せと言うのか？」

皆そうしていると言われたが納得できず、

「君たち銀行は何のリスクを負うのですか」

ともかく逆上し、二十年近く、銀行の人間というだけで顔をそむけた。今は数人のバンカーの友もいるが、敢えて好きと言うことはない。銀行、生保も同じに見える。バブルの時の

銀行のやり方はヒドイものだった。
近頃は銀行家も、人の子である、と思いはじめている。

みっともない

仙台の家を出る度に、家人に言われる。

「くれぐれも無茶なことはなさらないで下さいね。危険なこともダメですよ。あなた一度頭に血が昇ると見境がなくなりますから」

あのね、わしは檻《おり》から出された猛獣じゃないんだから、もう少し言い方というものがあるんじゃないのかね……。

しかし彼女の心配はわからぬでもない。以前、私たちはよく二人で出かける機会があった。海外旅行も多かったが、国内でも電車の移動の折は、彼女は必ず私を車窓側の奥に座らせた。私が車窓からの風景を眺めるのが好きということもあるが、私を奥に押し込めて外へ出さないという意志もあるからである。いや、むしろその目的の方が大きい。

なぜか？

それは私が電車の車輛の中で、同じ車輛に乗り合わせた家族連れに、元気な子供なんかが居て、元気過ぎて通路を声を上げて走ったりすると、ワァーイ、バタバタ。一度目の通過。待てよ、逃がさないぞ、ドタドタ。二度目の通過。そして三度目の足音が近づくと、私は手を伸ばし、ガキ二人の腕をつかんで、

「静かにせんか、つまみ出すぞ」

と怒鳴っているからだ。

ガキが泣こうが知ったこっちゃない。あわてて母親なり、父親が駆けつける。謝まる者もいれば、うちの子供に何をするんだと刃向う猛者もいる。

「電車には普段この国のために一生懸命に働いて、少しの間、睡眠を摂っている人もいるんだ。躾ができていない子供を連れて行くならトラックか何かにしなさい」

家人は相手に詫びている。

――なんで君が謝らねばならんのだ？

と言いたいが、家人は逆上すると少々手強いので放って置く。

子供ならこれで済むが、海外でも並んでいる列に割り込んだ者がいると、大男だろうが、

プロレスラーだろうが、

「コラッ、貴様何をしとる。皆並んどるんだ。後に回れ。恥を知れ、恥を！」

勿論、英語でもフランス語でも怒鳴る。

宿に入り、就寝前に説教をくらう。

「あなたはご自分が正義の味方のつもりでいらっしゃるかもしれませんが、昼間の行動は間違っています。こんな見ず知らずの土地であんなことをするのは愚かでしかありません。聞いてらっしゃるんですか？」

「は、はい。聞いております」


私の恩人の一人にMさんなる方がいらして、先日、Mさんに私の小説を原作にしてテレビドラマを制作してもらった。監督さん、俳優、スタッフさんに挨拶がてら砧《きぬた》の撮影所に出かけた。車でむかう途中、Mさんが言った。

「いや伊集院さん。先日みっともないことがありましてね……」

「えっ！　あなたがですか？」

「はい」

Mさんは私より漢《かん》の人で、みっともないことをするくらいなら死んだ方がよほどイイ、という生き方をして来た先輩だ。某大学の空手部の主将で、その凄味は長くいらしたテレビの制作の世界でも有名だった。しかも私より巨漢の体軀である。

「実は先日、電車に乗ってましてね。吊革につかまっていたら、いきなり背後からドーンと肩口を突かれましてね。オーッラ何やってんだ、と声がして、見れば学生らしき若者で、二、三人連れの、まああのガタイでして。瞬間、何が起きたかすぐに判断できませんでね。あっ、私に虚勢を張ったんだとわかって、さてどうするかと思って、やはりこれは絞めておこうと、顔を上げたら、そいつらがホームに降りてドアが閉まったところでした。歳を取りましたかね……」

少し笑って、それでいて悔みが残るその表情に、私は笑ってMさんの顔を見返した。

「天下の△大学の空手部の猛者が形無しだとでも言いたいんですか。そりゃ違う。若い時のあなたならぶつかった瞬間に相手は床に倒れてますよ。いやそれ以前、あなたを見たらそんなこともしなかったでしょう。それでいいんじゃないですか。あなた七十歳を過ぎて孫もいるんですよ」

「……でも伊集院さんならどうしました」

「私は殴ります」

「何だ、言ってることが訳がわからんよ」

若者よ。よくよく考えて行動しなさい。

帆を上げよ

Wさんとは長いつき合いで、彼が経営するロスアンゼルスのリビエラカントリークラブという名門ゴルフコースに文章を寄せたのが縁でつき合いがはじまった。

Wさんは私よりひと回り近く歳上で、私がWさんのゴルフコースが好きだったので、ロスアンゼルスへ行くと逢い、ゴルフコースのことやらの話を聞いた。

Wさんは普段は寡黙《かもく》の人である。同時に実行力の人であった。

あのバブルの時代、全米で多くの日本人がゴルフコースを買い漁って商いの対象にしたが、彼だけが違っていた。かつての美しいコースに戻して、アメリカの人たちにプレーしてもらおう。この発想が他の人と違っていた。

十数年間、古い設計図を睨みながら、黙々として改修、修復作業を続け、今では全米の五

本の指に入るコースに再生させた。評判を呼び、アメリカ人が見学に来た。2028年のロスオリンピックではゴルフ競技のコースになり、数年後には全米女子オープンが開催される。名誉なことだ。

ところが今、Wさんはゴルフとはまったく違う、洋上を勇壮と走る帆船に心血を注いでいる。

1920年代にイギリスのハンプシャーで建造され、日本人に買われ、地球半周の航海ののち日本に着いた一艘のヨット。

〝シナーラ号〟(海の貴婦人とも呼ばれる)の再生、復帰に、この6年間を捧げている。

貴婦人は哀れにもヨットハーバーの隅で泣いていた。その姿を見かねて、Wさんは船の再生にむかった。12ヵ国から船大工とその家族が呼ばれ難作業がはじまった。私も見学に行き、屈託のない船大工、海の男達の夢を聞いた。

ゴルフコースもそうであったのだろう。

帆船も、助けを求めていたのだろう。

その声を耳にし、大人の男の誰かが手を差しのべたのだ。Wさんはその一人であり、中心にいただけなのだろう。

帆船は6年の歳月をかけて再生、よみがえったのである。

「帆を上げよ」

Wさんは腹の底から、そう口にされたに違いない。

洋上へむかう精神は、ヨーロッパの大航海時代の船乗りたちの日誌を読めば、感化させられる勇猛さであり、情念である。

私が生まれ育ったのは瀬戸内海のちいさな港町だった。

亡くなった父はちいさいながらも船会社を経営し、瀬戸内海を往来していたし、自分の船で彼の故郷のある韓国へも往来していた。

我が家の海側の窓はすべて外国航路の下等船室の窓よろしくまんまるの丸窓であった。

私も上京し、野球を退めてからは、横浜、湘南と海の近くに移り住んだ。

海を見ているだけで、波の音を耳にしているだけで安堵があった。

――波を子守の唄と聞きである。

海の貴婦人ことシナーラ号が解体された時、〝竜骨〟と呼ばれる船底の骨組みを見た。その強靱さ、美しさに驚いた。

何でもそうだが、美しいものは、見えない所に強靱なものを持ち合わせている。

人間で言えば精神のようなものかもしれない。

いつかシナーラ号が故郷の港に帰る姿を見ることができたら、私はしあわせ者なのだろう。

言葉は生きている

〝とても美しい〟と言われれば、その対象がまことに美しいという意味に思える。

しかし〝とても〟は物事の否定型の上に付ける強調の言葉だから、正確には〝とても美しいとは言えない〟が、そもそもの使い方で、明治中期、口語（話す時に使われる言葉）を文章の主軸にした口語体と言われる文章が登場し、そこには〝とても〟は否定するかたちでしか使われていない。

ところが今は、ごく自然に良いことを強調する言葉で通用している。否定のかたちで残っているのは〝とてもじゃないが私の力ではできない〟くらいである。

おそらく、とてもじゃないが、もそのうち使われなくなるだろう。

このような状況の言葉を〝死語〟と言う人があるが〝死語〟なぞという言葉を平然と使う

のもどうかとは思う。

いきなり日本語の説教のようなはじまりになったが、私が言いたいのは、〝とても〟が違うかたちで活きているなら、それはそれでいいのではないかと思うからだ。

言葉は生きている。

生きているものは、日々変わって行く。

変わることが生きていることでもある。

さらに言えば、変わるから面白いのである。

私は、或る時期から、変化することをおそれないようにすべきだと思った。

私はよく、君は若い時から変わらずに、そのやり方を押し通しているネ、と先輩から言われ、そんなにかたくなではイカンヨ、と忠告を受けた。その時は正直先輩の話していることがわからなかったが、この頃、実は大事なことを教えてくれていたんだと思う。

私たちのように文章を生業《なりわい》の手段としている者にとって、どのような文章を手にしているかは、商人《あきんど》の手の中にある商品がどのくらいの値打ちか、の決め手と似ている。

文章を書きはじめた頃、わかり易い文章を書きなさい、読み易い文章だよ、と言われても、それがどういうものかわからなかった。

小説家としてデビューする前、日本の近代の小説の大半を読んだが、その時もどの作家の文章がわかり易いのかさえよくわからなかった。もっともこっちの読む力も足らなかったし、才能などまるでないのも承知していた。

それが今は文章で平然と飯を食べているのだから奇妙なものだ。

小説の文章の、わかり易いは基本で、野球で言えばボールの投げ方、捕り方のようなものだろう。

小説の文章としてどんな文が一番よろしいかと訊かれれば、それは〝瑞々《みずみず》しい文章〟だと応える。では瑞々しい、新鮮で、時にまぶしさを感じる文章とは何だろうか。

私は、書いている対象が新しいということだと思う。それを手に入れるには、毎日、地面を掘り返したり、木に登ったり、歩き回ったり、風に鼻をクンクンと鳴らしたり……、そういうことを飽きずにやることなのだろう。

その行動の根底にあるのは誠実であることとしかないと私は思っている。

世の中の正義というものは信じないが、誠実は信じるに値《あたい》するものだ。

誠実を手にしようと思えば、丁寧であることにつきる。

この頃は、少しばかり人ができそうもないことをすると〝天才〟と付ける。現代人が言う天才ほど見ていてツマラナイものはない。呼ばれた方も、その気になるから、バカはどうしようもない。

若い人に天才などと付けることに大人はよくよく気を付けなくてはいけない。付けられた若者、子供は、世間を、人生をほぼ間違いなく誤解し、哀《あわ》れなことになる。特に子供は偶然何かができてしまうことが間々《まま》ある。それを見て、誉めるのは間違いだ。そういうことを大人は慎重にやって来たのだが、今のマスコミは見出しになればそれでイイのだ。

〝見出し〟も文章だが、あれは卑しい文が大半である。

文章の間違い、言葉遣いの誤ちを、目の前で見たり聞いたりすると、私は注意をする。そのせいか周囲の人は文章は見せないし、必要以上の話をしなくなる。静かでイイ。

もうすぐ長友啓典氏の誕生日だ。なぜ他人の、それも男性の誕生日をご存知で？　と言われそうだが、当人が生前、周囲に言いまくった。誕生日が待ち遠しいのだ。

「伊集院、もうすぐわての誕生日やで？」

賑やかで、皆と楽しく過ごすのが大好きな人であった。

トモさんの最初の入院は食道癌の発見であった。それがわかった時、三十年のつき合いで初めて長い手紙で報せてもらった。

家人はそれを読み、仲人の病いに涙ぐんでいた。手紙を持つ手が小刻みに震えていた。

私はその手紙に〝食堂癌〟と書いてあったのを彼女に話してよいものかと思った。

「文章なんてわかりゃええんと違うか？」

第四章

哀しみに寄り添って

いつかわかる

冬の花火を見たのは、クリスマスのパリであった。
クリスマスをパリで？　こう書けば何やら羨《うらや》む人もあろうが、当時、私はコマーシャルフィルムの演出をしていて、その撮影場所を探すためにアフリカの何ヵ国かを巡り、飛行機、列車の便などが上手く行かず、予定が十日も遅れてしまい、とうとうパリの安ホテルに一人でいる破目になった。
私はクリスチャンではないので、クリスマスを特別な日と考えたことはない。それでもヨーロッパは圧倒的なキリスト教社会である。皆早く家に帰る人が多く、街には観光客しかいなかった。まだシャンゼリゼ通りにイルミネーションなど点《とも》っていなかったし、エッフェル塔に照明などない。セーヌ河あたりからだろうか、一条の光が空に上がり、花火が開いた瞬間、エッフェル塔が姿をあらわした。

――ほう、綺麗なもんだ……。

その頃は、海外へ行くのもずっと独り旅であったから、思いもかけぬ場所で、季節外れの花火を見て、

――冬の花火というのも風情があるものだ。

と数年、その花火の印象が、冬の旅の夜空を仰ぐとよみがえって来た。

人は生涯の内で、あれが自分が見た一番美しいものだった、という思い出を抱くことがあるらしい。

私は二十歳代から旅ばかりをしていたので、美しい風景には何度となく出逢っているが、これが一番だというものはない。

以前、歌手の山崎まさよしさんと対談をした時、彼は若い時に、私の父が沖仲仕として働いていた会社にいたと聞いて驚いたことがあったが（彼と私は同じ郷里で育っている）、その折、防府（山口県防府市）という町には何か印象を持っていますか、と尋ねた時、彼は少し黙った後、ぽつりと言った。

「夕陽が綺麗ですね……」

――えっ、夕陽？

私もものごころついてから十数年、彼と歳こそ違え、同じ町で、同じ夕陽を見ていたのだが、その夕陽が特別綺麗だったとか、とりわけ美しいと感じたことはなかった。あのような素晴らしい歌を作る人は、やはり感性が違っているのだ、と思った。

ところが、その対談をした年の暮れ、私は帰省し、生家の近くにある桟橋から、夕陽を眺めに行った。これがまことに美しかったので、後輩の彼に感謝をした。

四十年近くいろいろ旅をして、さまざまな風景に出逢って来たのに、自分が子供の頃から毎夕、眺めた風景が、こんなにも美しかったのか、と自分の目のいたらなさも感じた。

こう書くと、何やら童話の〝青い鳥〟の結末のようだが、そうではなくて、実際に、瀬戸内海沿いのちいさな町をつつむ夕陽が美しかったことが意外で、それ以上に、故郷の夕陽を忘れないでいる後輩の存在が嬉しくもあった。

では特別、私たちの町の夕陽だけが美しいのかと考えると、隣り町もきっと同じようなもののはずだ。なのに、ボクの生まれ育った町の夕陽が綺麗なんです、という想いが、なぜか、イイヨナー、と私は思うのである。

それは少年の頃、ただ当たり前のようにあった夕餉《ゆうげ》のひとときが、思い返してみると、なぜかとても素晴らしい情景であったと思えることと似ているかもしれない。

私は四十数年、毎年、生家へ帰り、父に挨拶し、母と話し、妹や、姉、姉の息子、少しずつ年老いて行くお手伝い女性と逢い、大晦日、正月の何日かを過ごして来た。

若い時は、スキーに誘われたり、海外旅行をしてみたい時はあったが、父が長男である私が正月、生家に挨拶に戻らぬことはあいならぬと命じたからである。正直、面倒な年もあった。しかしこうして四十年余り、毎年大晦日に生家の門を潜り、独特の匂い、空気の中に足を踏み入れると、無愛想だが、私にうなずく父や、嬉しそうにしている母の顔に、実は自分が安堵をしていたのだと、この頃思うようになった。

私は若い編集者や、後輩に言う。

「もし帰省できるなら、正月くらいはご両親に顔を見せに帰りなさい。面倒なこともあるかもしれないが、その帰省の時間は君たちができるきっと大きなことだと思います」

このページを読んで、もしあなたが帰省をしてみようか、と思われたら、ぜひそうなさることをすすめる。子供の帰省がどれほど家族にとって大切なものかは、何年かしたらきっとわかるはずだ。

正しい生き方

さまざまな所へ出かけた半日だった。

まずはお茶の水の常宿にタクシーを呼んで貰い、四谷の眼鏡店へ出かけた。眼鏡の部品が取れ、耳の部分にかかる枝部が外れた。その眼鏡は大学病院のK池先生にロービジョン用に特注してこしらえてもらったもので、見えなかった文字が見えるようになり、お蔭で本も何とか読めるようになり、文学賞の選考委員も続けられている。K池先生は素敵な女医さんで、生まれて初めて目の疾患に見舞われた私を励まし、普通の暮らしができるようにして下さった。四谷の眼鏡店の前でタクシーに待って貰い数分で部品を取付けて宿に戻ると、タクシー代が七千円を越えていた。

「運転手さん、その代金の機械が故障してるんじゃないのかね？　いくら何でもお茶の水と

四谷の往復で、高過ぎるだろう。この金額なら東京から名古屋、京都へまで行ける基本料金と変わらんよ。おかしくないか？」

「……そうですか。タクシー代が値上がりはしたのですが……」

値上がりは今、日本の最大のテーマだが、それでも常識を越えている。

次の場所へは歩くことにした。サンケイビルの一角で今年のカレンダー展の入賞作品が展示してあるという。その中に私の関わった作品があった。先輩の経営する薬品会社のカレンダーで、今年は〝鳥獣人物戯画〟を取り上げた。先輩の社長自らの希望の古典の絵画で、私は挨拶文と古典作品をどう解り易くするかの作業をした。銀賞と審査員特別賞を頂いた。有難いことだ。海外に取引先が多い会社で、日本の古典を紹介して来たカレンダーは人気がある。

見てみると旧知の審査員だった。

——何だ気を遣ってくれたのか。

次に孫の一人の高校進学が決まったと娘から連絡があったので、書店へ図書券を買いに行った。三人の孫にひさしぶりに逢い、その中に言葉を使うのがこころもとない子が一人いた。だいぶ良くなったという。照れ屋の少年で、一人だけマスクをしたままでナイーブなのだと思った。

「いいかね。子供の時、他人と違って自分だけが苦労するようになった人は、将来、その苦労が、君の大きな力になるはずだ。なぜ自分だけが？　という考えを持つんじゃないよ。それが正しくて力強い生き方だ」

「うん、頑張る」

「うん、じゃない。ハイッだ」

さぞ口うるさい祖父《ジジィ》に見えただろう。

古傷が痛んだ

年の瀬から明けて数日まで、我が家のある泉ヶ岳の麓近辺では、一日数度、白いものが舞うのだが、雪掻きをせねばならぬほどには雪が積もることはなかった。

奥羽山脈の山の西側では、越中、越後はかなりの雪に見舞われたようだ。

土地の場所にもよるが、寒さ、暑さはやはり上空を吹き抜ける寒気、熱気に左右されるのと、あとは海流である。

この星で生きる限り、海原と峰々が生きるものへ与える影響は計り知れぬものなのだろう。

仕事場にいる間の半分は掃除に似たことをしている。

寒いのが好きな生きものもいるのだろうが、南で生まれ育った私は、寒さは苦手である。

よく遊んでいる頃は、札幌まで美味いビールを飲もうぜ、と平然と出かけていた。今行けと言われれば、即答はできそうもない。

寒い寒いと言って、家でゴロゴロしていては身体がナマルと或る午後、一人で四〜五㎞先の薬屋と雑貨品のマーケットまで歩いてみた。風が強かった。突風が来ると、身体がのけぞる。

志賀高原のジャイアントスキー場に誘われ、基本も教わらずに、いきなり滑り降りたら、下方からの突風に吹き飛ばされ大笑いされたことがあった。今なら数ヵ所骨折していたろう。身体が柔らかかったのだろう。

歩き出して三十分くらいすると、右膝が痛んだ。なぜ痛むかわかっていた。大学の野球部に所属していた時、ホームラン性のボールを追いかけて思いっきりコンクリート（昔はそうだった）のフェンスに右膝からぶつかり、数ヵ月歩けなかった。その折の古傷が痛む。ああいうふうに後先考えずに行動していたことが羨ましくもある。

東京と仙台の違いは寒さだけではない。

大晦日に机に着くと、右手の桶に蕾だけの蠟梅の枝、左の浅い花籠に水仙。生ぶ毛の光る蠟梅と、水仙の黄色の花弁の間に座っているのは悪いもんじゃない。

水仙を眺めていれば、越前岬を思い出す。蠟梅を見ると南仏のゴッホの入院していた病院までの道に花を咲かせていたアーモンドが浮かぶ。

――ずいぶんといろんな所へ行ったものだ。

先日、亡くなった三匹の犬たちとの思い出を綴った本が出版され、その表紙に私の仕事場の椅子にチョコンと座っている愛犬の写真が使われている。写真がイイと言うが、撮ったのは家人であり、ヤンチャな犬をじっとさせていたのはお手伝いさんのトモチャンである。

私も家人も、人が家にみえるのが苦手だ。

だから仕事場の撮影もカンベンしてもらっている。世間には他人の家を覗くのが好きな人がいる。テレビの番組でも似たようなものがある。私は他人の家に上がるのも苦手だし、その家の様子を見るのが正直、怖い。

子供の時から、他所の家へ上がってはイケナイと言われた。

「なぜ?」

「家へ上がってからの作法も習ってないでしょ」

ふう〜ん、そういうものか、と思った。

ラクな道はない

雑誌で悩み相談のコーナーを十年以上引き受けていて、一年の約束ではじめたものが延々と延び、今に至っている。

自分が人より何倍も悩んで来たのだから、他人の相談なんぞ聞けるか、相手にできるわけがない、と始めたが、世間は案外と、こんなくだらないことで悩んでいるのか、と驚いた。同時に、クダラナイ相談に乗っているうちに、怒り心頭になり、素直に、バカモンと怒鳴ったことが逆に読者にウケて、その調子でいいから続けて下さい、となり、なんとも奇妙な感情で今に至っている。

つい最近の相談事に、八十歳を越えた老人からのものがあった。正月に孫娘が挨拶に来て、お年玉を渡すと、「このお金を投資に回すわ」と堂々と言ってのけたらしい。祖父は自

分の人生をかえりみて苦労した日々と、今、孫娘が投資で金を儲けようとする近況を嘆き、どうしたらいいのかと言ってきた。

私は、断然、孫娘の考えが間違っているし、今日の世間の考え、投資をすることが当たり前だという風潮は間違っていると言った。

聞けば、高校生の孫娘は、家庭科の授業で投資をするように教育されたと言ったらしい。

私は勿論、「そんな教育をする学校はアホだ」と返答した。投資を積極的にすることが世間の動きに準じており、遅れれば損をする、という考えがあると言う。

――バカを言ってなさい。

投資は金だけを出して利益をあげようという人間のさもしい根性がそうさせているだけである。十歳代の女の子がやって儲かるわけがないし、第一リスクをともなうことを根っから考えていない。

アメリカのリーマンショックも、大半の国民が金融商品に手を出した結果である。世界恐慌に陥っても仕方ない状況を何とか乗り越えられたのは、アメリカのすべての富を約5%の富裕層が握っていたので、彼等の身の保全が功を奏しアメリカは助かっただけだ。

なぜこんな話を書いたか？　それはアメリカに右へ倣えの経済の考えが、日本にも横行しているからである。

特に今の日本人の若者は、ラクして生きる方法を四六時中考えているアホであふれている。そんなことで成功したら、まともな人生を歩ける訳がない。その根本が、日本人の若者はわかってないし、マスコミもそれがまるで理解できていないのである。

――ラクして生きる方法は何ひとつない。

私はほとんどテレビを見ることはないが、上京し仕事の間は音だけを出して聞いている。そうすると、日本人が何を間違っているかがわかる。一分間流れるコマーシャルはほとんどが人材会社のＣＭか、求人募集の会社のＣＭで、就職や転職が成功した雰囲気のものである。

――ああこれはすべて嘘を宣伝している。

こんな会社に自分の将来を託したら、そりゃ破滅するだけである。はっきり言って、彼等は江戸時代で言う〝口入れ屋〟である。それは人々を売り買いする会社だ。そんなところで就職したり再就職したら、彼等からごっそり取られる手数料で、いくら働いても幸せになる道理がない。それを知らずに若者は、バカ者に走るのである。

若い人がラクして儲けたり、生きて行こうとするのは、人間という生きもののどうしようもない一面である。

私はいつも後輩たちに、上り坂と下り坂が目の前にあったら、上り坂も登ってみるべきだとすすめる。追い風と向かい風なら、若い時は向かい風に立ってみるべきだと言う。

――なぜ、そんな苦しい、辛いことを敢えてしなさいと言うか？

それは、その状況に一度立ってみないと、いかに苦しいか、辛いかがわからないし、身体が、こころが、それを一度でも覚えたら、それはそれで将来に役立つというか、そうしたことが良かったと思えるのが人生だからだ。

投資は己一人が、他人の手、汗を借りて、ラクをしようとする考えが、根にあるからだ。

私とて、金が大切なことは十分わかっているし、金で苦労したことがないとは言えないし、むしろその苦労が大半だった。

それでも、金で手に入るものなぞ、たいしたものではないはずだ、と信じている。

人間が歩み出す道程に、ラクな道はひとつもない。

こう言えば、「そんなに人生は大変なの？　じゃ嫌だネ」と平然と若い人は言う。若い時に成功してラクな暮らしをしている人もたしかにいるが、そんな輩の生涯などツマラナイし、クダラナイのは目に見えている。

では苦労した人が必ず好運を得るかと言えば、そんなことはない。ここに人生の不平等と運命の厄介さがある。

しかしそれでも、ラクしたい、とそれしか発想がない者は間違いなく、崩れて行く。

少し厳しいことばかりを書き連ねているが、ラクしたい！　金が欲しい！　という願いは、人間の中で、もっとも品性に欠けている者の発想であることは間違いない。

品性があれば、ラクもできるか？　決してそんなことはない。むしろ苦しい辛いことのほうが多いだろう。それでも品性は失ってはならないのである。

味わいのある表情

二月最後の日（二十八日）は、朝から日差しが強く、三月、四月の陽気だと地方局のニュースが伝えた。

昨日の同じ時刻には、日差しはあったが、小雪が舞っていた。私たちの家のはるか上空を流れる偏西風や高、低気圧の風模様のせいなのだろう。

上空を流れる風は私たちの目には見えないけれど、渡り鳥たちには見えるらしい。

二十年近く前の春、北の大空をハクチョウが二羽、シベリアの方角にむかって飛んで行くのを見たことがあった。少しずつ高度を上げるためにゆっくり回りながら天空へむかうがごとく、白い弧を描いていた。

――なんと美しいものだ……。

見惚れてしまう飛翔であった。

南の地で生まれ育った私にとっての渡り鳥はツバメだった。春先、あれだけけたたましく親鳥の持ち帰る餌に声を上げ、身体を揺らしていた仔鳥たちが、夏の終わりの中国、九州地方の岸辺、運河沿いに集合して、〝渡り〟の準備の飛翔をする姿は勇ましくもあり、この先、韓国、台湾、南の島まで飛び続ける苦労を思うと、感傷的にさえなった。

犬たちが去った仙台の家には一匹の猫が佇んでいる。まだ若い牝猫だが、行動を眺めていると犬とはまったく違う。私は少年時代、生家で数匹の犬を飼っていたから、犬への馴染み、親しみはあったが、妹が飼って可愛がっていた猫への興味は薄かった。

猫は鳥やネズミを捕獲すると、もてあそぶ残酷さがあった。もてあそばれ、必死で逃れよう、生きようとする小動物の表情は見ていて哀れで、息苦しかった。それも猫に馴染めなかった理由かもしれない。

ところが私が歳を取ったのか、この猫（アルボと名付けた）を見ていて、大変に味わいのある表情や行動に気付いた。

犬にはとてもおぼつかない面がさまざまにあった。

今、日本において、犬と猫のどちらかを飼うか？　と問うと、圧倒的に猫が多いらしい。

私はそれを、一、散歩の必要がない。二、排泄物の世話の必要もない。このふたつが圧倒的な理由と思っていたが、どうやら違うということが、アルボを見ていて思った。情緒のある生きものである。

今日のように日差しが暖かい午後は、庭の見える場所に登っていつまでもじっと外を見ている。

「何かあるのかい？」と声をかけたいほどである。このアルボが、先日、家人が買い求めて来た〝青モジ〟の花に大変興味を抱き、花だけついた枝に頬をすり寄せるようにしている。まるで花実、花弁を食べてしまう勢いであった。〝青モジ〟はレモンに似た香りがするらしい。これまでの犬たちにはそういうことはいっさいなかった。

今日の午後に届いた芍薬の花にも顔を埋ずめるようにしていた。身体がブルーとグレーを混ぜたような毛色だから、花の色との対照がまことに美しい。小動物は警戒心が強いものだが、この猫にはまったくそれがない。床に四脚をひろげて気持ち良さそうにしている時がよくある。

「コラコラ、お嬢さんのする恰好と違うんじゃないか？」

ともあれ猫はいたって満足そうで、こちらが呆きれる。

おもろいことやろうや

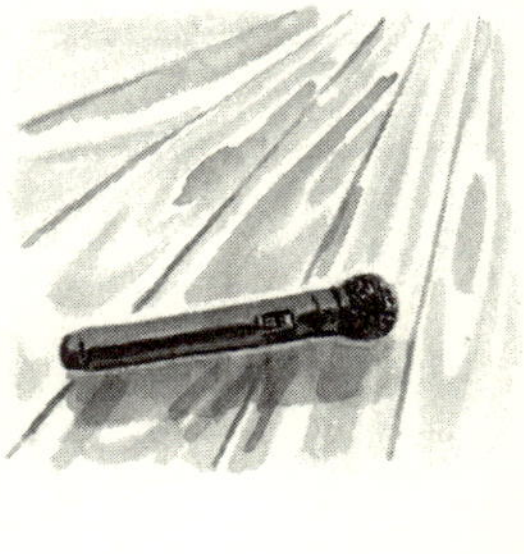

個展の案内状が届いた。

大阪からだ。〝長友啓典と黒田征太郎が面白がって造った広告物展〟とある。期間は3月3日〜4月8日となっている。

3月4日は長友啓典氏の命日だ。

つい昨日の別離のようにも思うが、親しい人であったので、ずいぶん昔の別れのようにも思える。大勢の人が〝トモさん〟と懐かしそうに呼んでいる春かもしれない。

案内状の黒田さんの独特な文字を見返しながら、お二人が並んで酒を飲んでいたシーンが浮かんで来た。私は何度かそばにいた。

おそらく二人は人生の時間を家族よりも長く過ごしていたはずなのに、こうして揃うと、ほとんど話をされないし、笑い合ったりすることもなかった。

普段一緒にいる家族も、さして話をしないから、家族以上なら、そういうものかもしれない。五十年以上、二人して生きて来たのだから、残された黒田さんの心境は想像もつかない。

「あれっ？」

案内状を見ていて、個展の最終日が４月８日とあるのに気付いた。

――この日って、トモさんの誕生日だったんじゃないか……。

と思った。

自分の誕生日を皆に祝ってもらうのが大好きだったトモさんのことを、黒田さんに、

「トモさんって、どうしてあんなに誕生日が好きなんですかね？」

と訊いたことがある。

「ほんまになあ、俺は自分の誕生日なんかどうでもええと思うとるのに、あいつ、えらい喜ぶんや。ほんま変わったやっちゃ」

まあ人柄と言うか、変わった男というと、黒田さんにむけて皆が言う言葉だったので、私は苦笑した。

二人は仕事の合言葉でもある〝何かおもろいことやろうや〟を五十年やって来た。劇団を旗上げする連中と飲めば、「実費だけでかまへん。面白《おもろ》いポスターこさえようやないか」となり、アンダーグラウンドの劇団などのポスターを何枚も見た。ところが二人の天性の才能か、このポスターが話題になった。それまでなかったポスターは斬新な上にカッコ良かった。当時の若いデザイナーたちがポスター見がてら小屋へつめかけた。

おそらく大阪、ミナミの描場《かきば》に並べてある広告物展は、そういうものであろう。

年の瀬、小雨の銀座の通りを歩いていると、オープンカフェーの奥から聞き慣れたメロディーと歌詞が耳に入って来た。

『黄昏のビギン』という曲で、私とトモさんはちあきなおみさんが歌うバージョンが好きだった。小雨の銀座を歩くトモさんのうしろ姿が浮かんだ。

――まあなんと、こんな雨にあらわれるかね。

面影はかき消して約束の店にむかった。

待ち合わせたカウンターで或るシーンを思い出して独り笑った。バーテンダーが言った。

「どうしたんですか？　楽しいことでも」

「いや、昔ね。カラオケを歌い過ぎて血を吐いた男がいてね」

「本当ですか？」

二十年近く前、トモさんがカラオケに嵌《は》まった時期があった。

その頃、私たちは毎晩飲みに出ていた。

「伊集院、一発、これどう？」

とマイクを握る仕草をする。

「昨晩さんざん歌ったでしょうが」

「いや、わてひとつ挑戦しよう思ってんや」

「何を？」

「カラオケ百連発や」

「百連発？　何ですか、それ」

「カラオケを百曲続けて独り歌うんや」

その挑戦の日、六本木の薄暗い酒場で、まだ店が混まない夕暮れから本番が始まった。私は小説の締切りがあったので、カウンターで一人原稿を書いていた。振りむかずに声をかけていた。トモさん、何曲行った？　十五曲越えたで。あっ、そう頑張って。時計を見て思ったよりハイペースで進むんだと思った。トモさんも準備、研究して、短いサイズの曲を選んでいた。三時間が過ぎ、四十曲を越えたあたりで、声が少し裏返っているのがわかった。五十曲やで、折り返しや。靴脱いでまおう。東京オリンピックのアベベや。何がアベベだ。ほらしっかり声出して、トモさん。五十二曲か、三曲で、カラオケしか聞こえなくなった。どうした？　聞こえんぞ。

するとと店の元ラガーマンのアケミ嬢が声を上げた。

「伊集院さん、大変、血を吐いて倒れてる」

店の床に喉を掻きむしり、マイクを離さないトモさんが横たわっていた……。

「その男、バカですね」

「バカとは何だ？　もう一度言ってみろ」

大丈夫だからナ

今日で、東日本大震災から十二年になる。

十二年を早いと言う人もあろうが、私のように、まだ十二年しか過ぎていないのか？　と思う人もいるだろう。

いや、よく揺れた。真昼時を少し過ぎた時刻であったのが幸いした。

——あれが夜半であったなら、どうしたであろうか？

考えるだけで恐怖の情景が浮かぶ。

私はすぐに庭へ飛び出した。そうして妻の手を握り、地面に引き込まれそうになる感覚に耐えていた。そして近所の子供と母らしき女性の悲鳴が聞こえると、大声で、

「家から出なさい。木の下に行きなさい」

と言い放った。

十五分くらいの大きな震動がようやくおさまると、私は我が家の建物を見つめ直し、壁や窓の桟などがひび割れているのを見つけた。

——これが人間の身体の一部なら、耐え切れなかったろう。

仙台の家に居たから家族の身の安全を自分でたしかめられたので、まだ安心だった。これが東京や他地区にいたら、当初から考えていたとおりに、歩いて仙台にむかったろう。

大変だったのは、直後の福島の原発事故であった。これほど簡単に原子力発電所がやられるとは思ってもみなかった。

地震直後から、すべての電源が使用不可になり、家の暖房が止まった。あの冬は寒さが厳しかった。このままじゃ夜は過ごせまい。

地震がおさまり、家に入るとすぐに余震の連鎖がくり返され、家に入ったり、飛び出したりした。お手伝いさんの家に昼休みに行っていたノボとお兄ちゃんのアイス、そしてラルクは大丈夫か？　と案じた。

震度五以上の余震が、それから三十回余り続いた。庭と家の中のくり返しで靴を脱ぐ暇がなかった。

ミシィミシィと壁が割れる音が続いた。

――このままここで生きていられるのか？

電気がないのでテレビもまったく映らない。

情報が届かなかった。情報を把握できないことが、これほど人を不安におとし入れるとは思わなかった。

ようやく手動ラジオを妻が納戸から出し、宮城県沖が震源で、マグニチュードが八・五とも九に近いとも言っていた。犬たちが帰って来て、小刻みに震える身体を抱いた。耳元でささやいた。

「大丈夫だ。大丈夫だからナ」

正直、何が大丈夫なのか、大人の男でさえわからなかった。

翌日、近所の人たちが町内会の集会場に集合した。私が一番若く、老人の多さに驚いた。

「枕元に靴と靴下を置いておきましょう。玄関の近くに蒲団を敷いて下さい。なるだけ家族がひとつ処に居ましょう」と考えられることだけを言った。皆どういうふうに聞いてくれたのだろうか？　丁度、地元新聞に小説を連載していた。小説どころじゃなかった。第一、新聞がいつできるのかもわからなかった。

今日は、テレビはあちこちで、あの日のことを特集しているが、その顔は皆、他人事のようである。そういうものなのだろう。

何日か後、原子力発電所が危ないという報道があったが、ほとんどの日本人はメルトダウンという言葉さえ知らなかった。

東京電力は、メルトダウンはありません、と言い切った。その時すでにメルトダウンははじまっていた。

「原子炉を冷却すればどうにかなります」

東京電力の上層部は隠しとおすことで申し合わせを終えていた。

大勢の人々が放射能に被曝し死に至ると、チェルノブイリの事故以来、ヨーロッパでは常識だったメルトダウンを、東京電力は隠し通した。大量殺人罪に等しい隠蔽であった。

当時の内閣総理大臣の菅《かん》氏へも東電は嘘をつき通した。悪魔の所業である。

今年一月、東電は電力料金の値上げを申請した。どの面でそんな申請が口にできる？

——日本人は、あの事故の対処への怒りをもう忘れてしまったのか？

私は忘れない

今、東欧、ウクライナでの戦争にマスコミの大半の目は向けられ、大震災からの復興はどこか忘れがちになっている。

テレビで福島の原発事故で住民のすべてが町を追われた浪江町の今の姿を取材した映像を見た。

「囲まれたナ……」

取材者のつぶやきが印象的だった。

何に囲まれたか？

イノシシである。

すでに住民が避難して、その間、放っておくしかなかった町は、それまでの田畑との境が、どんどん成長した野草や木々で判別できなくなり、まさに〝震災の森〟となってしまった。浪江町の住民が町を捨てて避難せざるを得なかったのは、原発事故による放射能汚染が原因だった。放射線濃度が人間の致死の量に及んでいたからである。人の不在の町は空家が残り、そこにイノシシ、アライグマたちが棲み付き、彼等が跋扈《ばっこ》する町とも森ともつかぬ状態になった。

では放射能は薄まったのか。そうではなかった。場所によっては、致死量に近い放射能が検出された。ほんの一メートル四方に、なぜここにだけ？　と学者とて判明できぬものが歴然と残っていた。

一方、原発事故当時にあの地区にいた住民で、赤児またはその後誕生した子供たちから、他地区の子供よりあきらかに多い甲状腺の異常が発見されている。

そんなことが起こっているのは、この福島と、ウクライナのチェルノブイリだけである。両方とも原子炉のメルトダウンの事故である。今は何やら象徴的でもある。

原子炉を爆撃したというのだから、ロシア軍は狂気の沙汰としか言いようがない。

プーチンがすべてやっているとマスコミは言うが、果たしてそうだろうか？

この侵略を肯定している人々もいるはずである。それはプーチンがトップに立つロシアという国で、恩恵と、誇りを受けている人たちである。

日本が太平洋戦争をはじめた時、これを支持する日本国民は半数以上いたし、戦争に勝利している状態が続いていた時は日本のいたる所で、祝宴がひらかれ、日本人は提灯を手に町にあふれ、万歳三唱して祝ったのである。それがどの戦争でも、初期に起こる定番のような光景だ。

——ではなぜ、世界の人々は〝戦争反対〟と、それだけは強く主張するのか？

悲惨な光景を目にして、それを忘れていないからだ。

今は毎日、ウクライナ、ロシア兵の死者数を数字だけで発表している。数字の発表では具体的な死は浮かばないのである。

〝戦争の報道に真実はない〟

今は子供を連れた母の涙する顔や、年寄りの避難状況をテレビは映し出す。ようやくウクライナの攻撃で爆発炎上する戦車の姿が映った。誰一人、そこにロシアの若い兵士がいて、一瞬で数名が死んでいることを言わない。

あの映像はロシアの軍人からすれば、恨みと憎しみを増すしかないものだ。

その日は近いはずだ。

——何が？

夥《おびただ》しい数の死者が横たわる戦争の真の映像が流れる日である。そこで初めて人々は戦争の本当の姿のほんの一部を知り、驚愕する。

今、何百万人のウクライナ人が亡命しているポーランドには、かつてアドルフ・ヒトラーのナチスが収容所でユダヤ人を大量虐殺したアウシュビッツの町がある。

十年前、私はそこに妻と訪れた。なぜわざわざ？

それは戦争の本当の姿を自分の目でたしかめておくべきだと思ったからだ。

その収容所に日本人の案内人がいる。

中谷剛さんである。元気なのだろうか？

「日本人は、アジアの見学者のなかでも一番少ないほうに入ります」

なるほど日本人の若者にとって、戦争は学ぶべきものではなくなっているのだ。それだけが悪いと言っているのではない。

今のウクライナの戦争を、ああいうカタチでしか報道できないでいる日本のマスコミの愚かさのほうが問題なのである。実際、どうしたらいいのか。テレビ、新聞、ラジオ、雑誌……すべてのトップが答えを持たないのだ。

私を含めて社会的責任のある立場（例えば作家）の人は議論どころか、表明さえ出さない。ロシア一国の責任か？　そうではあるまい。武器をウクライナに送り続けているアメリカも同罪だろう。

一方で東北では震災で独りになって、避難住宅にいた人の孤独死は二〇二一年だけで七十二人になる。まずは自分たちができることをやるしかないのが、生きるということなのである。

泣きそうになった

数日前、深夜のテレビで昔の映画を見た。『E.T.』である。

いったいいつ頃、この映画を見たのだろうか？　と考えた時、ひとつだけわかることがあった。

この映画を見た時、自分の身体が震えたのを覚えている。すでに元妻が病院で亡くなっていたことだけ思い出せた。

――なぜか？

この映画の劇的なシーンのひとつに、鉢植えの中のガーベラの花を、E．T．があの特徴的な指で触れると、枯れていた花がスッーと元気になり、開花するシーンがあった。

その瞬間、私は思わず胸の中で呟いた。

「もしあの病室に彼（E.T.）があらわれて、元妻の身体に触れてくれたら……」

そう正直に思い、映画館で泣きそうになったのをたしかに覚えている。まさか涙を流すわけにはいかなかったが、当時、白血病という病気は、患うと死ぬしかない病いという印象があった。今は罹患した人の生存率は、あの水泳の池江璃花子選手のように驚異的に良くなっている。素晴らしいことだ。

哀しみに寄り添って

今日の昼過ぎ、独りで昼食に出かけた。満員だったので座って待っていると、お母さんと少年が勢い良くトイレに入っていった。かと思うと、2人ともドアを閉める所作をいっさいせずに戻って来た。私はそれを見て「コラコラ、お母さんも少年もきちんとドアを閉じて出て来なきゃ」と思っていたら、今は都会のレストランでも普通の住宅のドアでもある程度の重さでこしらえてあるからなのか、ドアは重みで自然に閉じ、カチッとドアノブが鳴る音もする。文明の力である。

だが私が少年の頃は出入りする部屋の引き戸なり、ドアをきちんと閉じなくてはイケナカッタ。だから母は、少年の私にむかって、ドアをきちんと閉じてないと、

「アラアラ、あなたには尻尾でもあるの？」

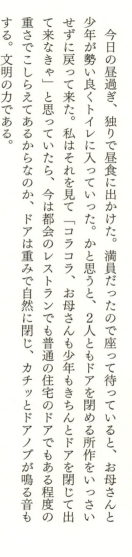

と半分冗談を込めて毎回注意した。

——何を言ってんだろう？

と少年の私は首を捻っていた。

「尻尾ってどういうこと？」

「あなたが部屋を出入りすると、必ず隙間が少し空いているから」

同じように弟が隙間を残していると、

「おまえ尻尾でもあるのか？」

と私もつい母に倣って口にした。

「それって母さんと同じこと言ってらあ」

と弟は不満そうに言った。

どうでもいいことを書いているようだが、私はそう思わない。出入りする部屋のドアをきちんと閉じるのは大切なことだった。

——そんなことが大事なことかね？

そう思う人が今の日本人の七、八割であろう。これが大切なことだと、いつかわかる時が来る。口うるさい大人だ、と言われようが、私はおそらく言い続けるだろう。

片方の目の視力を失うことが、これほど生活に支障をきたし、さらに記憶力を崩壊させるとは思わなんだ。

もうゴルフもやめ時だろう。自分の打ったボール、ピンの位置、距離がわからぬことがゴルフをこんなにつまらないスポーツにするのかと痛感させられた。このスポーツを覚えたことで愉しいことはヤマほどあったが、今は辛い、苦しいの連続だ。そこまでの思いをしてやるスポーツではなかろう。

今はいろんな意味で希望を失いかけているが、それでも踏ん張っているのは生家の近くの病院で、百一歳で生きようと頑張っている母の存在があるからだ。

日本語をいちから教えてくれて、書道の手ほどきをしてくれて、絵画を描く楽しさ、鑑賞する楽しさまで丁寧に教えてくれた彼女のことを思うと、踏ん張らざるを得ない。三十五歳になって「小説を書いてみようか?」と相談した時、「あらあら、それじゃ、タンスのひとつふたつじゃ足りないくらいのお金を用意しなくちゃイケナイワね」と笑ってくれた。彼女がいなかったら、小説家、伊集院静はこの世に誕生していなかっただろう。

たった一人の弟が海で遭難して死んだ夏、遺体をようやく家に連れて戻り、弟が眠る蒲団のそばで、彼の手を一晩中握っていた母。

——哀しみに溢れた親の背中はこんなにもちいさくなるものなのか？

それを覚えているだけに、私は生き続けねばならない。文学賞などどうでもイイ。私の本の読者の哀しみに添いとげられれば充分過ぎると思う。

平然と生きよ

仙台に戻っている。

やはり朝夕の温度はかなり違う。早朝、カーテンを開けると白いものが舞うこともあり、雪のむこうに稜線を雪渓で固めた冬の山景が眺められる。

ここ数日は仕事場の整理をしている。

一年毎に仕事場をスッキリさせるようにつとめているが、作家の仕事は未完で棚に置いておくものが多い。それを年の瀬に手元から離す。十年、二十年と何となしに、このテーマは物語になるのでは？　と手元に置いていたものを切り捨てる作業は、気持ちが良さそうに思えようが、実は嫌な感情もともなう。

――これを切り捨てて、新しいものを待つのだ。いや待つのではなく、そこにむかって進む

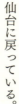

のだ。

いろいろそう言い聞かせなくてはならないから面倒である。

それでも時々、創作ノートや、ちいさな資料を貼り付けた紙を眺めると、ついつい読み耽って深夜になることもある。

ぼんやりしていたら、すぐに仕事場は夕暮れにつつまれる。

二日前に、古いダンボールのフタに〝俳句〟と書いてあったものが出て来て、開けた。

「オヤオヤ、こんなにあるのか……」

なんと二十代の時からの句や、感想が記してあった。

中には東日本大震災からの一年を句によって綴っているものもあった。

せまき柵　皆落ちこわれ　堂々と父の骨壺
大丈夫だ。震える手で見つめるノボよ
寅さんを観て雪となり　五条坂
ノボ逝くや睦月（一月）なかばの星の夜に
初めまして　飼い主です　クレマチス

俳句というより日記であろう。

俳句は結社にも入ったが独りがラクだった。

我が家の犬たちを書いた文章を選び、一冊のエッセイ集にしてくれた『君のいた時間』が出版された。読んだ方が手紙やメールをくださって、それを読むと、ペットを飼っていた人が多いのにあらためて驚いた。

私はペットロスの人たちにむかって、この本をまとめたのではないが、ともかくそういう状況（悲嘆にくれている状況でも）にいる人は毎日泣いて大変らしい。

「今回の伊集院さんの本を読んでずいぶんと助かりました」そう言われても、どこにそんな能力を持つ本なのか、私にはまったくわからない。

私は別離の哀しみは、時間が解決してくれる、と思っている。時間が一番のクスリである。これは間違いない。

死別は、もう二度と、その相手と逢えないことであり、それ以上、以下のものではない。

私の経験から言うと、哀しみは突然、その人を背後から襲い、抱擁したまま離さない。

切ない人にとっては、さぞ辛かろう。

哀しみから逃れようとしないことである。哀しみはなかなか逃げ切れる類いのものではない。それなら、哀しみの中に平然と立っていられる神経を鍛えることだ。

人間は皆が皆強く、逞《たくま》しい生きものではないが、弱々しくて、くじけてばかりいる生きものでもない。踏ん張り切れないように思えても、そんなに簡単にはこわれない。人間の身体には、そういうものが備わっているのだ。

〝人々はいろんな事情をかかえて、それでも平然と生きている〟

また、どこかで

伊集院 静

令和元年 秋

【著者略歴】

◉１９５０年山口県防府市生まれ。72年立教大学文学部卒業。

◉81年短編小説『皐月』でデビュー。91年『乳房』で第12回吉川英治文学新人賞、92年『受け月』で第１０７回直木賞、94年『機関車先生』で第７回柴田錬三郎賞、２００２年『ごろごろ』で第36回吉川英治文学賞をそれぞれ受賞。

◉16年紫綬褒章を受章。

◉23年11月24日に逝去、享年73。

◉作詞家として『ギンギラギンにさりげなく』『愚か者』『春の旅人』などを手がけている。

◉主な著書に『白秋』『あづま橋』『海峡』『春雷』『岬へ』『美の旅人』『羊の目』『スコアブック』『お父やんとオジさん』『浅草のおんな』『いねむり先生』『なぎさホテル』『星月夜』『ノボさん』『愚者よ、お前がいなくなって淋しくてたまらない』『琥珀の夢』『作家の贅沢すぎる時間』『いとまの雪』『ミチクサ先生』『タダキ君、勉強してる？』『ナポレオン街道　可愛い皇帝との旅』。

初出　「週刊現代」２０１７年６月10日号〜２０２３年９月30日・10月７日号
単行本化にあたり抜粋、修正をしました。

N.D.C. 914.6　190p　18cm
ISBN978-4-06-537949-3

またどこかで　大人《おとな》の流儀《りゅうぎ》12

二〇二四年一一月二〇日第一刷発行

著　者　伊集院静《いじゅういんしずか》　© Ijuin Shizuka 2024

発行者　篠木和久
発行所　株式会社講談社
東京都文京区音羽二丁目一二―二一　郵便番号一一二―八〇〇一
電　話　編集　〇三―五三九五―三四三八
　　　　販売　〇三―五三九五―五八一七
　　　　業務　〇三―五三九五―三六一五
印刷所　TOPPAN株式会社
製本所　大口製本印刷株式会社
定価はカバーに表示してあります　Printed in Japan

本書のコピー、スキャン、デジタル化等の無断複製は著作権法上での例外を除き禁じられています。本書を代行業者等の第三者に依頼してスキャンやデジタル化することはたとえ個人や家庭内の利用でも著作権法違反です。Ⓡ〈日本複製権センター委託出版物〉複写を希望される場合は、日本複製権センター（〇三―六八〇九―一二八一）にご連絡ください。

落丁本・乱丁本は購入書店名を明記のうえ、小社業務あてにお送りください。送料小社負担にてお取り替えいたします。

なお、この本についてのお問い合わせは、週刊現代編集部あてにお願いいたします。

KODANSHA